元素颂

[智利] 巴勃罗·聂鲁达 著

刘博宁 译

ODAS ELEMENTALES

Pablo Neruda

南海出版公司

新经典文化股份有限公司
www.readinglife.com
出　品

目录

Contents

C

D

E

F

G

H

I

N

O

P

R

S

T

V

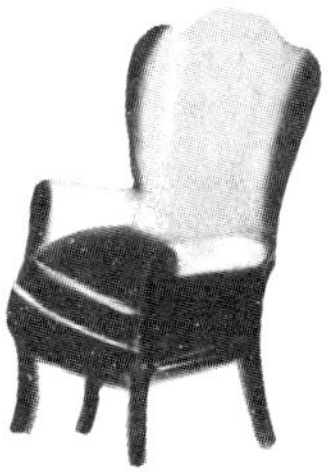

Odas
Elementales

隐形者

我向那些老诗人，
付以嘲弄与微笑，
我尊敬所有
已经被写就的诗，
所有的露水，
月亮，钻石，以及
一滴浸没的银子，
它被我的老兄弟
浇滴到一朵玫瑰上，
可我却笑了起来，
因为他们总是念着“我”，
无论去到何处，
发生什么，
永远是一个“我”，
似乎只有他们
以及他们爱的人
才走在大街上，
没有其他人存在，
没有渔夫路过，
没有卖书者，

没有泥瓦匠路过，
也没有人从脚手架上
忽然跌下来，
没有人在受难，
也没有人在爱，
只有我那位可怜的兄弟，
那个诗人，
只有他和他的小宝贝，
经受着一切，
没有别的人也同样活着，
除他以外，
没有人为饥饿或为愤怒
痛哭流涕，
在他的诗行里，没有人
因为无法付清房租而受苦，
没有人
连床带椅地
被撵到大街上，
工厂里
也无事发生，
无事发生，
伞，杯子，
武器，火车头
都是自己生出来的，

矿物刮擦着地狱，
自己开采出自己，
罢工来了，
士兵来了，
开火，
他们朝着人民开火，
也就是说，
他们朝着诗歌开火，
而我的兄弟，
那位诗人
陷入了热恋，
或痛苦于自己悸动的心中
正装满了大海，
他爱遥远的港口，
是为了它们的名字，
他将从未见过的海洋
付诸笔端，
生命如此充实，
如同玉米粒一样饱满，
他从一旁经过，从不考虑
如何将它脱粒，
他走上走下，
从未触碰大地，
有时候，他会感到自己

如此深不可测，昏暗晦涩，
他如此伟岸，
以至于盛不下自己，
他一会儿纠缠其中，
一会儿超脱其外，
他宣称自己已被诅咒，
要艰苦卓绝地背负
混沌的十字架，
他认为在这世上，
自己是如此与众不同，
每天早上他都吃面包，
但他从没见过
哪怕一个面包师傅，
从没迈进过哪怕一个
面包师工会，
就这样，我可怜的兄弟，
变得幽深、
扭曲而棘手，
并认为这样的自己
很有趣，
就是这个词，
“有趣”，
而我，
我也不比我的兄弟强，

但是我微笑，
因为当我走在街上，
只有我是不存在的，
生命流淌着，
如世上所有的河流，
而我是唯一的
隐形者，
没有什么神秘的影子，
没有黑暗，
全世界都在和我说话，
想告诉我一些事，
想和我述说他们的亲人，
他们的不幸，
他们的喜悦，
所有人都从我身边走过，每个人
都在和我说话，
看看他们完成的工作吧！
是他们在砍柴，
是他们架起电缆，
是他们不分昼夜地
揉出我们每天的面包，
是他们用一根铁矛
在大地的肺腑上
钻出了孔，

是他们把钢铁
变成锁芯，
是他们升上天堂，带着
几封信，几声抽泣，几个吻，
每一扇门背后，
都有人，
有人出生，
有人在等我爱上她，
当我经过时，这一切
都要求我为它们歌唱，
我时间不多，
我必须考虑所有，
我必须回家，
必须去党的办公室，
我还可以做什么？
这一切都在要求我
开口说话，
这一切都在要求我
歌唱，永远歌唱，
一切都充满了
声音与梦，
生命是一个匣子，
装满了歌声，当它打开，
一群鸟飞来，

歇在我的肩膀上，
想要向我倾诉，
生命是一场战斗，
如滚滚向前的河水，
所有人都想告诉我，
也告诉你，
他们为何而战，
如果死去，
他们为何而死，
我和所有人擦肩而过，却没有
那么多时间，给那么多的生命，
我只想
所有人都活在
我的生命中
都在我的歌声中合唱，
我是无关紧要的人，
我没有时间留给
自己的事情，
我必须夜以继日
记录发生的一切，
而不忘却任何人。
的确，忽然之间，
我会感到疲倦，
我看向星辰，

我躺在草地上，
一只小提琴色的昆虫爬过，
我把一只手放到
我所爱之人
小小的胸脯上，
或者垫到她的腰肢下，
我望着硬挺的
颤抖的夜之丝绒，
和其中冰冻的星座，
忽然，
我感到有什么东西
正向我的灵魂攀登，
是一阵神秘之潮，
是童年，
是角落里的哭声，
是忧郁的青春，
这让我困倦，
我睡着了，
如一棵苹果树，
无论星辰是否在此，
无论我的爱人是否在此，
我都会立即睡着，
而当我起床，
黑夜已经散去，

大街比我醒得更早，
穷姑娘们
正去上工，
渔夫从海上归来，
矿工穿着新鞋子
走进矿场，
一切都鲜活，
所有人都在行走，
步履匆匆，
我几乎没剩什么时间
来穿戴体面，
我必须跑起来：
我必须了解每一个过路者
要去哪里，
曾遭遇过什么。
没有生命，我就活不下去，
没有人类，我就无法成为一个人，
我奔跑，我看见，我听到，
我歌唱，
星辰与我无关，
孤独奉献不出花与果实。
为了我的生命，
请你一并赐予我全部的生命，
赐予我这世上全部的苦痛，

直到我把它们改造成希望。
请你也赐予我全部的欢乐
即便是那最为秘密的，也请一并给我，
如果不如此，
那滋味又怎能被晓得？
我必须为这一切歌唱，
也请你赐予我每日的战斗，
因为战斗就是我的歌声，
我们就这样站到了一起，
并肩前行，
我的歌声将全人类聚合：
这是一支与所有人合唱的
隐形者之歌。

空气颂

走在一条路上
我遇见了空气，
我向它问好，
尊敬地开口说道：
“很荣幸，终于有一次
你不再是透明的，
这样，我们才能交谈。”
而空气不知疲倦地
舞蹈着，摇晃着树叶
微笑着，拂去我鞋底的灰尘，
抬起了它全部的
蓝色桅杆，
它玻璃的骨骼，
它微风的眼睑，
空气静静挺立，如一根樯桅，
倾听我的诉说。
我亲吻了它
天空之王的披风，
把自己裹进了它
天上丝绸织的旗帜里，

然后我对它说：

陛下，还是同志，
丝线，花冠，还是鸟，
我不知道你究竟是谁，
但我只向你
恳求一件事，
请不要卖掉你自己。
水卖掉了自己，
于是我看见
沙漠里的水管
就不再滴出水来，
而所有的穷人
就口干舌燥地
在世上行走，
在沙海中战栗。
我看见夜晚的光
被定量分配，
于是富人的屋子
最光彩熠熠。
新建的空中花园里，
时刻亮如黎明。
而穷街陋巷
可怖的暗影中，
一切都笼罩在黑暗里。

黑夜，

是一位继母，

从那里走出来

她猫头鹰的双眼里

藏匿着一把匕首，

然后是一声尖叫，一桩罪案，

有人起床，熄灭了灯，

被暗影吞噬。

不，空气，

请不要卖掉你自己，

请不要让自己被输送引导，

不要把自己装进管道，

不要让自己被束缚

或被压缩，

不要把自己制成小药片，

不要把自己塞进一只小瓶子，

请注意！

当你需要我时，

请随时联系我，

我是穷人的

诗人儿子，

也是父亲，叔伯，

表亲，亲生兄弟，

舅舅，姻兄弟，

是我的祖国乃至其他无数国家
所有住在河边，住在高地
住在垂直山脉的穷人的亲人，
他们开采石头，
钉桌子，
缝衣服，
伐木，
碾碎每寸土地，
因此
我想要他们呼吸，
而你是他们唯一拥有的事物，
这就是为何
你无色透明，
因为你要叫他们
看见明天，
空气，这也是为何
你存在于此，
让你自己被畅快呼吸吧，
不要给自己套上枷锁，
不要轻信任何
开着车来检阅你的人，
不要管那些人，
嘲弄他们，
吹掉他们的高礼帽，

不要接受
他们给你的提案，
让我们一起
在全世界舞蹈，
吹落一朵朵苹果花，
钻进一扇扇窗子，
一起吹起口哨，
吹响一段段
昨日的，明天的曲调，
这一天一定会到来，
我们会解放
所有光，水，
土地，全人类，
一切向所有人敞开，
如你一样。
因此，此时此刻，
请注意！
和我一起来吧，
还有许多值得我们
起舞，歌唱，
让我们走过海边，
抵达山巅，
让我们前往
新鲜的春天

怒放之地，
在一阵风中，伴着歌声，
我们要派发花朵，
香味，瓜果
和明天的空气。

洋蓟颂

洋蓟
有一颗柔软的心，
穿得像个战士，
浑身挺立，建造出
一片小小的穹顶，
在鳞片的包裹下
滴水不漏，
在它边上，
那些疯狂的蔬菜
越发卷曲缠绕，
长出卷须，蒲叶，
还有颤抖不停的球茎，
胡萝卜长出红胡须
安眠地底，
葡萄园
晒干了那些藤蔓，
而美酒正是从中得来，
圆白菜
打算
试试裙子，

牛至决定
香满全世界，
而甜蜜的
洋蓟
就在那菜畦里，
穿得像个战士，
熠熠发光
如同一颗石榴
高傲，
而后有一天，
洋蓟一个接一个
装在硕大的柳条筐里
穿过集市
去实现梦想：
投身戎马。
排成一列，
只有在集市上
它们
如军队般风发，
而人们穿着白衬衫，
站在蔬菜堆中间，
成了洋蓟的
元帅，
紧密的列队，

吆喝不停的声声命令，
以及一只箱子坠地的
轰隆隆巨响，
不过，
就在这时，
玛利亚
走来了，
提着她的篮子，
挑选了
一只洋蓟，
玛利亚才不怕它，
对着光，
她仔细检查着，观察着
这只洋蓟
好像它是一枚鸡蛋。
玛利亚买下了它，
把它丢进
袋子里，
那里头还有一双鞋，
一颗卷心菜，以及
一瓶子的
醋，
她走进厨房，
把洋蓟丢进了锅。

就这样，

这个叫洋蓟的武装蔬菜

在平静中结束了一生。

然后

我们一片一片

剥开

这道美味佳肴，

吃光了

它绿色的心中

和平的浆液。

欢乐颂

欢乐，
是一片落在窗子上的
绿叶，
是微小的
初生的
明亮，
是一头叫声洪亮的大象，
一枚炫目的
硬币，
有时，
还是破碎的光束，
然而
更准确地说，
是恒久的面包，
被实现的希望，
已履行的职责。
欢乐，出于一则
糟糕的建议，
我曾蔑视你。
月亮

把我领到了它的道路上。

老诗人们

把眼镜借给了我

于是在每件事物旁，

我都加上了

一层晦暗的光晕，

花朵上是黑色的桂冠，

爱人唇上是悲哀的吻。

现在还来得及。

请让我反悔。

过去，我曾以为

只有那火棘的酷刑

燃烧我的心，

只有在丧葬的灰紫地带

让雨水打湿

我的衣裳，

只有在玫瑰前

闭上双眼，

触碰伤口，

只有分担一切的苦痛，

我才算在

帮助人们。

我对你太不公平。

我曾经走错了道路，

而如今我要呼唤你，欢乐。

如同土地，
你是如此必要。

如同火焰
你点燃一个个炉灶。

你纯洁
如同面包。

你洪亮悦耳
如同河水。

你飞向四方
传播蜜意
如同蜜蜂。

欢乐啊，
我曾是郁郁寡言的青年，
自认为你的头发
可耻而吵闹。

并非如此。

直到你的瀑布
在我胸膛里涌动，
我才明白这一点。

欢乐啊，如今
你常在街上，
远离了所有书籍，
陪陪我吧：

我想同你一起
从一户人家走向另一户，
从一个村落走向另一个，
从一面旗帜走向另一面。
你不只为我而生。
我们要去一处处岛屿，
去一片片海洋，
我们要下到矿井里，
进入森林中。
不只那些孤单的伐木工，
不只可怜的洗衣妇，
不只一头短毛茬
不怒自威的石匠工，
会用你一串串的葡萄欢迎我，
还有那些集会者，

那些联合者，
那些海洋或是木料工会的人
那些勇敢斗争的小伙子
都会欢迎我们的到来。

同你一起，走遍全世界！
同我的歌声！
同星星微张的翅膀，
同泡沫的雀跃！

我要去实现这一切
因为我要还给所有人
一份我的欢乐。

无须感到惊诧，因为我只想
将大地的美德
交付给人们，
因为在战斗中，我明白了
传播欢乐
就是我在尘世的职责。
而我必以歌声
来完成我的命运。

美洲颂

哦，最纯洁的美洲，
海洋的护卫
使这片大地泛紫，
完整无缺，
几个世纪以来，
是悄无声息的养蜂场，
金字塔，酒瓮，
血色蝴蝶的河流，
黄火山，
也是沉默的种族，
是制陶工，
石匠人。

而今天，巴拉圭，
这河流冲刷形成的绿松石，
被埋葬的玫瑰，
你已变成一座牢狱。
秘鲁，世界的胸膛，
鹰隼的冠冕，
你还存在吗？

委内瑞拉，哥伦比亚，
谁也听不见
你们快乐地开口。
银色清晨的合唱团
从哪儿启程？
只有鸟儿
身穿古代的衣裳，
只有瀑布
还戴着冠饰。
监狱已扩张
它的铁条。
在火与祖母绿的
潮湿王国，
在父亲的河流间，
每天
都有一个新的小头目登高，挥动短刀
抵押、耗尽你的宝藏。
对兄弟的游猎
开场。
流弹在港口响起。
那些专家，
那些新征服者
从宾夕法尼亚抵达这里，
与此同时，

我们的血
滋养了
腐烂的
种植园，地下矿洞，
美元大把洒落
而
我们的疯女孩们
学红毛猩猩的舞蹈
扭坏了胯。
最纯洁的美洲啊，
这流血的大地，
是多么伤悲！
一个马查多消失，一个保蒂斯塔就诞生。
特鲁希略留存下来。
这么大的空间
留给狂野的自由，
美洲啊，
有如此的纯净，
大洋的水，
孤独的草原，令人晕眩不已的
地貌，
而那些最微小的
鲜血贸易者繁殖蔓延其中。
究竟怎么了？

面对高高地栖息在
泛美大陆的贪婪枝丫上的
嗜血鹦鹉，
还怎么保持
时断时续的沉默？
美洲啊，
被最宽广的泡沫，
被那散发着群岛胡椒香气的
幸福海洋
冲击着，
黑暗的美洲啊，
倚靠在
我们身上，
人民之星
升起，
英雄诞生，
别的道路上
覆满胜利，
古老的民族
又一次出现，
最光彩熠熠处
整片秋日穿过，
新旗帜
迎风飘扬。

美洲啊，

愿你的声音，你的行动

从你的绿腰带上

剥落，

愿你被囚禁的爱

走向终点，

愿你恢复

你天赋的尊严

愿你举起谷穗

与其他民族一道

撑起不可抗拒的黎明。

爱颂

爱，我们来算笔账。
在我这个年纪
要骗人骗己
已经不太可能。
也许，
我曾为拦路盗贼，
可我不后悔。
深邃的一分钟，
在我齿间
嚼碎的一朵玉兰花，
以及一道
天青石的月色。
好的，不过，来总结一下账目？
孤独张开网
与冰冷的茉莉交织
所以
来到我怀抱中的
是群岛的
玫瑰色女王。
爱啊，

仅仅是一滴，
纵然坠落
一整个
夜之春日，
仍无法形成大洋，
而我仍然赤身裸体
独自等待。

不过，这就是
那从我臂弯中
如波浪行经的她
仅是黄昏果实滋味的她，
倏忽
如星辰闪烁，
如鸽子燃烧，
我在皮肤上找到她
又散开
如篝火的头发。
爱啊，从那天起
一切都变得简单。
我只是服从
我健忘的心灵给出的命令
紧握她的腰身，
用我吻的

全部力量
收复她的嘴唇，
如一个国王
带一支绝望的军队夺下
她童年的野百合
生长其间的
一座小塔。

因此，爱啊，
我以为你的道路
会纠结而艰难，
可你从游猎中
回来了，
当你再度
燃起火焰，
像面包摆上餐桌，
这样简简单单地
我们所爱
就应该存在。
爱啊，那是你赠予我的。
当她第一次
来到我的臂弯
如在一个摔落的春日
流水行经。

今天

我又将之拾起。

我的手小而窄

我的眼窝不深

为的是它们能

接纳那宝藏，

无尽之光的

瀑布，金线，

面包的香气，

它们简简单单地

成为爱，

成为我的生活。

原子颂

最微小的
星星，
你好像
永远
封存在金属中：
相当隐蔽，
有魔鬼的火焰。
一天
有人拍打着
那扇最小的门：
原来是人类。
他们给你放电，
将你解放，
你看见了世界，
白日出行，
巡游各城，
你巨大的耀光
点燃了生命，
你是
一颗可怕的果实，

从电的美丽中
你拨旺了夏的火苗，
于是
全副武装之人
穿盔戴甲
戴着老虎的眼镜
抵达这里，
战士
穿着方正的衬衫，
胡须带硫，
拖着豪猪的尾巴
抵达这里，
诱惑了你：
他对你说，
睡吧，
蜷曲你的身体，
原子，你就像
一个希腊的神，
一位来自巴黎的
独属春季的裁缝，
在我的指甲盖里
睡吧，
钻进这个小盒子吧，
于是，
那位战士

就把你装进他的马甲
好像你只是
一颗北美产的
小药丸，
然后他漫游世界，
将你投向广岛。

我们醒来。

黎明
损耗殆尽。
所有的鸟
都烧成灰烬
纷纷坠落。
一种棺材的气味，
坟墓的毒气，
在宇宙轰鸣。
一种非人的
可怖惩罚升起，
血腥的蘑菇，穹顶，
烟雾，
地狱之剑。
空气燃烧着升腾，
死亡散落在
平行的波动中，

落到熟睡的母亲
和她的小儿子身上，
落到河里的鱼
和渔夫头上，
落到面包
和面包师那儿，
也落到工程师
和他的大楼上，
一切都成了
撕咬的灰尘
杀人的空气。

这座城市
最后几片肺泡也全消损，
坠落，急切坠落，
被摧毁了，
腐烂了，
人们忽然
就成了麻风病人，
他们牵起
孩子的手，
小小的手
就落在他们手心。
就这样，
他们把你

从你的藏身处
从火焰安睡其中的
隐秘的石头披风里
带出来，
致盲的火花，
暴怒的光，
用来摧毁生命，
追击遥远的存在，
海底，
空气里，
沙土中，
在港口
最隐秘的拐弯处，
用来擦除
种子，
谋杀胚芽，
阻挡花冠，
原子，他们把你用来
将一些国度
夷为平地，
把爱变成黑色的脓包，
烧毁杂乱蓬勃的心，
消灭鲜血。

哦，疯狂的火花，

快回到
你的裹尸布里，
把自己埋进
你的矿石披风，
再度变回一颗盲石，
不要再理睬
那群强盗，
请你与生命合作，
与农业合作，
取代发动机，
提升能源，
繁育众多星球。
你已经
没有秘密，
请脱下你
可怕的面具
在人类中
行走，
加紧步伐，
铺开果实的道路，
劈开
山川，
改道河流，
使大地肥沃，
原子啊，

满溢的
宇宙酒杯,
请回到葡萄枝串的和平中,
回归欢乐的速率,
回到大自然的
疆域,
请你为我们服务,
不要你的面具
致命的灰烬,
不要你的暴怒
释放的地狱,
不要你可怕的直率
生出的胁迫,把你
令人惊惧的叛逆
交给我们,
交给粮食,
把你解放了的磁力
用以建设人类的和平,
如此,你炫目的光
就不再是地狱
而是幸福,
是清晨的希望,
是给世间的馈赠。

智利之鸟颂

智利的鸟儿啊，一身黑羽，
降生于
山脉与泡沫之间，
饥饿的鸟儿，
阴郁的鸟儿，
红隼，猎鹰，
海岛之鹰，
头顶白雪皑皑的秃鹫，
浮夸的服丧的神鹰，
腐肉的吞噬者，
天空的独裁者，
苦涩的鸟儿，
寻觅着鲜血，
以蛇为养分，
是窃贼，
是山的巫女，
也是嗜血的
帝王，
我仰慕
你们的飞行。

长久以来
我追问着
广阔宇宙，
寻找鸟儿翅羽的
踪影：
你们就在那里，
一艘艘
升至恐怖高度的
黑色船只，
悄无声息的
刺客的血统，
残暴的星辰。
海岸边
泡沫飞溅上翅翼。
酸涩的光
溅入
海鸟的飞行，
刮擦着水面，迁徙的鸟儿
交叉穿行，
它们会突然
停下
然后像箭一样
坠入碧绿的水流。

我不知疲倦地

航过岸堤，
航过缺齿的海岸，
众多海岛中的
道路，
航过宏伟的太平洋，
花瓣狂怒的蓝色玫瑰丛，
在佩纳斯海湾，
天空中，
信天翁，
空气的孤寂与它的节律，
天空黑色的波浪。
再过去一些，
海浪与翅翼拍打着，
是鸬鹚，
银鸥与鲣鸟，
整片海洋
都飞起来，
那被海水击打的
陡峭岩石
都晃动起来
随鸟儿搏动，
强光满溢，生长，
生命的飞翔
横穿大海，
直至北方。

但你也不仅是
海洋
或狂风骤雨的
安第斯山脉
不仅是
可怖鸟儿的
繁殖者，
哦，我脆弱的祖国啊：
在你翠绿的臂膀中，
黎明的燕雀
滑翔着，
它们披上了
细小的斗篷
去参加弥撒，
讲究礼节的鸫鸟
和金属的鹦鹉，
小巧的
草原上的七彩唐纳雀，
以及飞至高处时
张开黑白雪色
扇面的
刺翼麦鸡，
燕鸻与沟嘴犀鹃，
金丝雀鸟，

黄金莺与田鸫，
异色颈鸽，
红领带鹀与草原黄雀，
啾鸣清脆的智利嘲鸟，
柔和的小乌鸫，
在丝线上
随纯净音乐
起舞的红额金翅雀，
南方的天鹅，
银的船只
与服丧的天鹅绒，
芬芳的鹧鸪
与一闪而过的蜂鸟
磷光烁目。
就在我祖国柔软的腰带上，
在火山与海洋
暴怒的君权里，
甜蜜的鸟儿啊，
你们触碰太阳，空气，
你们是夏日中
一次飞行的颤抖，
是正午的水的颤抖，
树丛中的紫光闪电，
圆圆的小铃铛，
尘土飞扬的

从花粉中返航的
小小飞行员，
浓密的苜蓿花丛中的
潜水者。

哦，这热切的飞行！

哦，这涌动的美！

哦，这嗓音颤颤的一群！

智利的鸟啊，飓风般的
肉食之船
或是甜蜜娇小的
花与葡萄喂养的
造物，
你们的巢穴构筑起
大地芬芳的团结：
你们流浪的生命
组成了天空的国度
为我们歌唱，
而你们的飞行，
聚拢了祖国的
星辰。

康吉鳗杂烩颂

粉红的康吉鳗
生活在
智利的汹涌大海里，
巨大的鳗鱼
鱼肉雪白。
在智利的海岸上，
汤锅里，
诞生了这种
鲜美，多汁，
益补的杂烩汤。
拎一条剥了皮的康吉鳗
到厨房，
它斑斑点点的鱼皮剥开
像一只手套滑落
就这样
大海捧出的葡萄枝串
暴露在世上
柔嫩的康吉鳗
浑身赤裸
闪着光

已为我们的好胃口
做足准备。
现在，
你拿起
几头蒜
先抚摸那
珍贵的象牙白，
它散发出
怒气冲冲的芬芳，
然后
将剁碎的蒜瓣
与洋葱，番茄
一同丢下去
直到洋葱
泛出金子的色泽。
同时，
在腾腾热气中
烹调
奢豪的龙虾，
等到一切
准备妥当，
当那滋味
凝成酱汁
有海洋的

汁液
有洋葱的光中
迸溅出的
清澈的水，
康吉鳗煮在其间
浸没在荣耀中，
渍入油锅
收缩，浸透了汁水。
只需要
在这盛馔上
再点缀上奶油
如浓郁的玫瑰盛开，
然后将这珍宝
缓缓送至
火上炙烤
直到
智利的精华
在这碗杂烩汤里
变得滚热，
陆与海的滋味
在此结合
在这道菜肴里，
你会认识天国。

地上一栗颂

你完好无瑕地
从竖立的枝叶中
从精美的木头，
光洁的桃花心木中
落下来，
机灵敏捷
像一把刚刚诞生于
树顶的提琴，
它隐藏的甜蜜
落下来，
奉献它收存的天赋，
在鸟儿与叶子间
以它的身形
悄悄落成学校，
柴木与淀粉的血脉，
卵形的乐器，
无损的愉悦与可食的玫瑰
就存在它的结构中。
你在高处
抛开了在板栗树的光影中

微微张开棘
竖着刺的小刺猬，
从那条刺间的小裂缝，
你看见了世界，
浑身音节的
小鸟，
伴着星星的
露水，
而底下是
男孩女孩的
脑袋，
颤抖不停的草茎，
持续升起的烟尘。
栗子，
你下了决心，
做足准备，
光滑地跳到了地上，
坚硬又柔软
像美洲诸岛的
一个小小怀抱。
你落下来，
撞击了
地面
然而

无事发生，
草
仍颤个不停，老栗树
像整片树林的嘴巴
窃窃私语。
一片红秋之叶落下来，
时光会继续坚韧地
在大地上劳作。
因为你
只是
一粒种子，
栗子，秋，大地，
水，山巅，寂静
都已准备好胚芽，
浓郁的淀粉，
母亲的眼睑，
它们被埋入土中，
会再度朝着高处
朝着枝叶
朴素的规模
朝着新根茎
黑暗潮湿的根须，
朝着大地上另一只栗子
或旧或新的领域
眨动。

洋葱颂

洋葱，
发光的球形瓶，
你的美丽，
一瓣一瓣堆砌，
水晶鳞片让你膨胀，
在黑暗土地的秘密中
你露水般的肚子圆圆鼓起。
土地下的
一个奇迹
当你笨拙的
绿茎秆生长，
你的叶子舒展开
如同菜畦中的剑柄
大地积聚力量
展现你赤裸的透明，
如遥远的大海
托起阿佛洛狄忒的双乳
繁殖玉兰，
土地也是如此
创造了你，

洋葱，
你明亮如一颗星球，
注定
要发光，
是恒常的星宿，
是圆润的水玫瑰，
放在
穷人的餐桌上。

你无比慷慨，
在沸腾的锅具里，
你拆解开自己
葱郁的球体，
在烧烫的热油下
一小块水晶碎片
变成了蜷曲的金羽。

我也同样记得，你对沙拉之爱
影响是多么巨大，
似乎是天空给予了你
精美的冰雹形状
庆贺你辛辣的明净坦率
落在番茄半球上。
不过在人们触手可及的

范围里，
浇上油，
撒上
一点点的盐巴，
你就能让那些
艰苦赶路的短工充饥。
你是穷人的星星，
是仙女教母
包裹在
易碎的纸片下，
你从地底长出，
永恒，完整，纯净
如星辰的种子，
在厨房里，当一把刀子
切开你，
世上唯一不包含痛苦的
眼泪涌起。
你让我们流泪，却不曾折磨我们。

我赞美了一切存在的事物，
可是你，洋葱，
对我而言，你比
一只羽翼耀眼的鸟
还要美丽，

在我的双眸里，你就是
天体，是白金酒盏，
是霜雪银莲花
静止的舞蹈。

而大地的香气
就活在你水晶的天性中。

明净颂

暴风雨
在草地上
留下了松木的丝线，尖针，
太阳在
风的尾巴中。
一种确凿的蓝
填充了世界。

哦，白日，
哦，宇宙的
果实，
我的身体是一只酒杯，
光与空气坠落其间
如同瀑布。
我触碰
海水。
这一天的
新浪潮带有
绿色火焰
和一个宽阔苦涩的吻的

滋味。
蝉在响亮的高处
编织金线。
生活的嘴唇
吻上我的唇。
我生活，
我爱，
我被爱。
在我的存在中
我也接纳全部的存在。
我坐在
一块石头上：
水，森林的音节，
前来拜访我的泉水，
那阴郁的明亮
都冲刷着它。
我触碰
雪松的树干
它的纹路向我讲述
时间与大地的事。
我行走
与河流一同前行
与河流一同歌唱，
宽阔，凉爽，轻盈

这新的一天
我接受了它，
感受着
它如何进入我的胸膛，
以我之眼观物。

我是
我就是白日，
我就是光。
因此
我也承担
清晨的使命，
正午的工作。
我必须
跟着风与水
漫步，
打开窗子，
拆下门，
推倒墙壁，
照亮角落。

我不能
静静坐着。
再见了。

明天
我们会再相见。
今天我有许多战役
必须胜利。
今天我有许多暗影
必须照亮，必须结束。
今天我不能
再和你一起，我必须
完成我
光的责任：
在街上来回，
穿过房屋与人群
摧毁
黑暗。我必须
切分自己
直到一切都变成白日，
直到一切都明净清澈
都变成大地上的欢乐。

铜颂

铜在那儿
睡着。
它们是忧郁北方的
小山丘。
铜的山顶
立在上面，
僻远的伤疤，
泛绿的斗篷，
被时间炽热的
勇猛
侵蚀的穹顶，
矿井
离我们
很近：
矿就是人，
矿石并不从
大地中来，
它从人类的
胸膛里出来，
在那儿，

死亡的森林
休眠火山的
动脉，
被触动，
矿脉被查明、
穿凿，
然后
炸药
爆炸，
岩石飞溅，
被精炼：
铜
正诞生。
之前，没人知道
如何将铜与
母亲般的石头分开。
现在，它是人类，
人类的一部分，
是其荣耀的
沉重花瓣。
现在，
它不再泛绿，
它变得鲜红，
它变成了血，

变成坚硬的血，
可怖的心。

我看见
山岳轰然倒下，
领地
打开
让渡给
狂暴的
棕黑洞穴，
沙漠，临时居所。
矿石
点着火
敲打
再过一遍手
就成为战争的
铸块
堆在军营货堆中。
船只远行。
铜
不论去往何处，
变成器具或电缆，
摸到它的人
却不会看到

智利陡峭的孤寂，
或沙漠边缘的
小房子，
或骄傲的石匠，
还有我的人民，
下到矿井的矿工。
我痛苦。
我知道。
如此的硬块中
无数洞穴中，
有伤口，爆炸，汗水和鲜血，
当人类，
我的镇子，
智利
掌控了这种材料，
从石头中
分离出这沉睡的矿物，
运去芝加哥，
铜
变成锁链，
变成阴森的
犯罪机器，
历经如此多的斗争
只为我的祖国

将其分娩，
在它荣耀而
贞洁的诞生之后，
人们把铜变成
死亡的助理，
使它坚硬，用以谋杀。

我问陡峭的山脉，
问被智利狂放的大海
涌动的泡沫
拍打的荒芜海岸：
我们的铜
难道是为此
才睡在
石头的
绿子宫里？
它是为了死亡
而诞生吗？
我也问我的伙伴，
问我的兄弟
耸立的山尖：
你难道是为此
才在痛苦中
给予铜以生命？

为使它成为危险的飓风，
不幸的风暴？
难道是为了摧毁
穷人的生活，
摧毁你自己家中的
其他穷困者的生活？
或许你都不认识他，
可他们散落在
全世界。
是时候
把矿石留给
拖拉机
留给未来土地的丰沃，
留给声音的和平，
留给工具，
留给敏锐的机器
留给生活。
是时候
将这打开的
孤僻的铜之手
交给全人类。
因此，
铜，
你将属于我们，

肉铺里的
赌徒
不再与你为伍！
智利的铜
从陡峭的山丘，
从碧绿的高处来，
我的民族
最坚硬的
收成，
火烧的
花冠，
放射出的
会是生命，
而非死亡，
蔓开的会是谷穗，
而非鲜血，
把我们
出土的爱，
一碰到生命与风
就变成
流血的心
和鲜红石头的
绿色山脉
献给所有人。

批评颂

我写了五节诗：
一节碧绿，
一节是圆面包，
第三节是逐渐建起的房子，
第四节是一枚指环，
第五节诗很短
如一道闪电
写下来时
在我的理智中留下烙印。

然后呢，那些男人，
那些女人
跑过来，拿一些
简单的材料
小碎屑啊，风啊，光啊，泥巴啊，木头啊
他们就用如此稀少的东西
建起
墙壁，地板，梦境。
在我的一行诗里，
他们迎风晾干衣服。

他们吞吃我的词语，
把词句保存在
床头，
他们就和一节诗
或是我身边漏出的一束光
共同生活。
然后，
一个不作响的批评家就来了，
又来了一个聒噪不停的，
又来了，又来了更多的，
盲眼的，也有长满眼睛的，
一些批评家很优雅，
像穿了红鞋子的石竹花，
一些则一丝不苟地
身着尸衣，
一些是拥护者
拥护国王和他至高的君权，
一些满脑子
马克思，在他的胡子里翻腾缠闹，
还有一些是英国佬，
仅仅是英国佬，
这些家伙
扑过来
张牙舞爪，挥动着小刀，

有的则挥着字典，黑武器
或是可敬的格言，
他们扑来
拿我可怜的诗辩个不停，
还冲向那些
爱我诗的普通人：
他们把诗变成陷阱，
把它卷起来，
用千百个回形针把它夹起来，
用骨灰覆盖它，
用墨水填充它，
他们用小猫温柔的仁慈
朝诗上吐痰，
他们用诗包装手表，
保护它也谴责它，
他们在诗上浇汽油，
献给它一些湿乎乎的论文，
他们用牛奶煮诗，
往诗里加小卵石，
他们抹掉了诗的元音，
磨平了音节与叹息，
差点杀了它，
他们也弄皱它，把它
分成小包装

精心分配到
自己的阁楼上，坟地里，
然后
他们一个接一个撤退
愤怒到疯癫的田地
因为对他们而言
我不够大众
或是总浸泡在
甜蜜的轻蔑里
因为我总是缺乏黑暗，
他们一哄而散，
一个不剩，
就这样
那些男人女人
又一次住回了
我的诗歌旁，
他们再度
生起火，
建造屋子，
吃面包，
分派光，
而在爱之中，他们又集结了
闪电与指环。
而现在，

诸位，请原谅我

必须打断

这个我说不停的故事，

我将永远

只与简单的人

住在一起。

安赫尔·克鲁查加颂

安赫尔，我记得
在我动荡的
南方童年，
在一片风雨中
忽然
你扇动双翅，
你火星四溅的诗
腾空而起，
星辰满布的
罩衣
闪烁着磷光，
填充了夜晚与道路，
你是
一条跳动的河流
遍是鱼儿，
你是
一条从西到东
横贯天空的
绿美人鱼
银色的鱼尾，

光的形态
在你的双翼中
聚集，风
将雨水与黑叶
吹落到你的衣服上。
这远远地
留在我的童年，
而你的诗，
不仅仅是
许多鸟儿的道路，
不仅仅是
流浪的石头，
不仅仅是
身披苋草与百合的
流星，
它曾是也一直是
开花的植物，
人类温柔的
纪念碑，
是扎根在
人类体内的
柑橘花。
因此，
安赫尔，

我为你歌唱，
我为你歌唱
像我曾为金属，
为水，
为风
为所有纯洁的事物歌唱一样！
所有的生命之课，
艰难或甜蜜的
生长，
就像你的诗，是浸润在
你热情眼泪中的
无尽面包，是你
天神之手加工的
贵重香木。
安赫尔，
你拥有
最辽阔的素馨花地，
也请允许
你的小兄弟在你的胸膛
留下这带着根茎
雨水点点的一枝。
我把这枝花留在你的书中
这样，它会浸满
和平，透明与美丽，
在你钻石天性的花冠中焕发生机。

幸福日颂

这一次，请允许我
感到幸福，
无事发生，无人经受，
我也没有站在任何一方，
只是
无论我行走，
入睡，或写作
从心的四面八方
我都感到幸福。
我还能怎么，我此刻
感到幸福。
我比草场上的
牧草更无穷尽，
我感受到皮肤如粗粝的树木
感受到水在下
鸟儿在上，
感受到海洋如一枚戒指
悬在我腰间，
大地由面包与石头揉成
空气放歌，如一把六弦琴。

在我身边，在沙中
你就是沙，
你歌唱，你就是歌，
今天，世界就是我的
灵魂，歌唱与沙砾，
今天，世界就是你的嘴巴，
请允许我
在你的嘴里，在沙中
感到幸福，
我感到幸福，因我的确幸福
因我在呼吸
也因你在呼吸，
我感到幸福，因我轻触了
你的膝盖
好像触到了天空
蔚蓝的皮肤
和它的沁凉。

今天，就请允许我
一个人
感到幸福，
拥有一切或一无所有
感到幸福，

与草原，与沙土一道
感到幸福，
与空气，与大地一道
感到幸福，
与你，与你的嘴唇一道
感到幸福。

楼宇颂

在一处
不停挖掘，
在一头
不停敲打，
不停铺张，不停抛光
爬上已造就的火焰，
建筑的高度
为人类而生。

哦，这平衡与比例之喜。
哦，这孤僻材料
堆砌起的已用之重
从泥浆壮大为
梁柱，
台阶上，
扇形的光泽闪亮。
在地上多少个
分散点中，
一种必胜的团结
从这儿，在光下

矗立。

岩石将自己的力量
切分成碎块，
钢铁削薄，黄铜将自身
与木头融合一体，
而后者，刚从森林中运来，
将丰盈的香气变得坚硬。

水泥，黑兄弟，
你的泥浆将它们结合，
你洒落一地的砂土
挤压，卷起，一层一层
铺展爬升。
个头微小的人类
向内钻探，
爬上爬下。
那家伙在哪儿？
它是一把锤子，是钢铁
对钢铁的一次撞击，
是结构的一个支撑点
它的理性也融入了
扩张的地界。
它应任由自己小小的傲慢

坠落，与人类一同
举起穹顶，
在一切中
创立秩序
分享不可抗的结构中
质若金属的素朴。
然而
一切都源于人类。
在人的召唤中，
岩石集合，高墙建起，
光进入大厅，
空间被切割、分配。

人类将光与暗分开，
也是如此
击溃了虚无的傲慢
建立起结构
楼宇因此拔地而起
人类将继续
构筑集体的玫瑰，
使带来幸福的孤僻材料
在大地上重聚
以理智，以钢铁，
属于所有人的楼宇
会一点点壮大。

能量颂

在火炭中，
你黑叶子的植物
像睡着了一样，
然后
被挖掘，
运转，
喷发，
成为一条
疯狂的火舌，
居住在
火车头
或船只内部，
隐藏的红玫瑰，
钢的内脏，
从秘密的
黑暗走道里
你专心致志，
以一双盲眼抵达，
然后是马达，
轮胎，

机件，
运转，
光，声音
与阵阵搏动，
能量啊，
能量母亲，
它们正从你
体内诞生，
一息之间，
你就分娩了
这些事物，
你灼伤了炉灶
和幽蓝的
锅炉工人的双手，
在你的笼子里
号叫着
你就推倒了距离，
消耗着自己，
你要去往何处，
你的火焰抵达哪里，
葡萄串就来到这里，
窗子生长起来，
纸页如羽毛一样
接合，

书籍展开翅膀飞起：
人类诞生，树木倒下，
大地变得丰沃。
能量啊，在葡萄里
你是圆圆一粒
服丧的糖，
透明星辰，
液体火焰，
狂乱之紫的球体，
繁育增殖的种粒，
麦子的胚芽
谷类的星星，有生命的石头
磁铁或钢，
电线塔，
流动的水，
凝缩
而幽秘的能量的鸽子啊，
是生存之底色，
你在小男孩的血液中
攀升，
你生长，如一株植物
在他的眼中繁茂，
让他的双手坚硬
你捶打他，扩张他，

直到他成为一个男人。
奔跑着，歌唱着的火焰，
创造之水，
生长的本能啊，
改变了我们的生活，
从石头中
取出面包，
从天空中
炼出黄金，
在沙漠中
建起城市。
能量啊，
请给我们
你贮藏的一切，
请扩张
你火焰的天资
到远方
在草原上，
锻造果实，
点燃小麦的宝藏，
击碎大地，铲平
山岳，
在土地上
铺陈崭新的肥力

始于那时，
始于那里，
那个生命改变之地，
从现在起，
也如此改变大地，
整个大地，
岛屿，
沙漠，
改变人类全体。

哦，能量，
火红的利剑，
请不要
满怀敌意，
花朵与完整的果实
会是你驯服的头发，
你的火焰
会是和平，结构，
丰产，鸽子，
是长满葡萄串的地带，
是结出鲜面包的草原。

嫉妒颂

我从南方来，
从边境来。
生活阴雨连连。
抵达圣地亚哥时，
换身衣服都相当困难。
我来时身穿
严酷的冬天。
风暴之花
覆盖了我。
到处搬家，让我
流血不止。
各处都被占满了，
连空气中
都散发着
悲伤者的气味。
小旅店里，
墙纸从墙上
片片剥落。
我写啊，写啊，仅仅
为活下去而写。

所以
我那些被放逐的
孩子气的诗行
刚刚在街上
燃烧起来
泰奥多里克就开始冲我狂吠，
鲁伊巴尔波盯着我咬。
我沉入了
最糟糕房子里的
深渊，
在床底，
在厨房里，
在衣柜里，
在一切别人没法
检阅审查我之地
我写啊，写啊
只为了活下去。

都一样。人们
针对我的诗歌
发出威胁，带着钩钳，
握着刀，
挥舞着黑钳子
群起而来。

那时我
穿过大海，
可怕的天气里
酷热与河流一同低语，
我被暴力的
藏红花与神明环绕，
迷失在黑鼓点的
嘈杂中，
迷失在拂晓的气味里，
我埋葬了自己，然后，
写啊，写啊，
只为了活下去。

我住得很远，
自我放逐，
不过这儿的短吻鳄
把一口绿牙
磨得很尖。

我从漫游中回来了。
亲吻所有人，
亲吻那些女人，男人
那些孩子。
我有了归属，祖国。

我有了星星。
喜悦
挂在我的手臂上。
所以在夜里，
在严冬，
在火车上，
在斗争中，
在海边或是在矿井中，
在沙漠里或是
在我爱的女人身旁，
在警察的搜捕驱逐中，
我为所有人
为了活下去
写下简单的诗行。

现在，
他们又在那里。
他们相当固执
像蠕虫，
也像
船上的老鼠
遁形无踪，
我去何处航行，
他们就跟着行驶到哪儿，

我粗心大意，他们就
啃咬我的鞋子，
他们存在
因为我存在。
我能做什么？
我想
我会继续歌唱
歌唱到死。
我不能在这点上
向他们让步。
如果他们也乐意，
我可以
送他们一个包裹，
给他们买一把伞
保护他们不被
那场跟着我一起
从边境来的严酷大雨淋湿，
我可以教他们骑马，
或至少让他们跟着
我的狗，
不过我想让他们明白
我不能扎起嘴
让他们
取代我的歌声。

这绝无可能。
我绝不允许。
怀着爱或悲伤，
在寒冷的黎明，
在下午三点，
或是夜里，
每时每刻
愤怒时，陷入爱情时，
在火车上，在春天里，
在黑暗中，或从一场婚礼
离场，
横穿树林
或办公室，
在下午三点
或是夜里
每时每刻
我都会写作，我不仅仅
为了活下去，
更为了帮助
别人活下去，
因为似乎有人
需要我的歌声。
我不会，
我不会平静下来。

我请他们一刻不停地
高举嫉妒的
旗帜。
我已习惯了他们的牙齿。
我需要他们。
但我也要告诉他们
一则真相：
有一天，我会死去
（我一定会给他们
这最终的满足），
这毫无疑问。
但我会歌唱到死。
并且，
哪怕这条消息
让他们高兴不起来，
我很肯定
我的歌声
会越过死亡，
在我的祖国的中心，
还会有我的声音，
火的声音，雨的声音
或是其他人的声音，
那用火与雨写就的
我朴素的诗

无论如何
会活下去，
它拥有一种
无所畏惧的永恒
它像一位
挤奶女工
一样健康，
笑起来
会露出许多牙齿，
好像是为了打碎
成堆聚集的老鼠的
希望。

希望颂

是大海的黎明
出现在我生命中，
是葡萄般的海浪，
是天空的孤寂，
你填满我
又溢出，
是所有的海洋
是所有的天空，
是一切运动
和空间，
是泡沫的
白色营地，
是赤橙的地球，
是太阳在垂死痛楚中
烧光的腰带，
是如此多的
美德，天赋，
是奔赴梦境的
鸟儿，
是大海，大海，

是悬置的香气，

是响亮的盐之合唱，

与此同时，

我们人类，

在水域边

战斗着

满怀希望。

我们就在海边等待

满怀希望。

浪潮向坚实的海岸发话：

“一切必将完成。”

大地肥沃颂

为你，肥育之力啊，
绿的肺腑，
物质的母亲，
植物的珍宝，
繁殖，增产，
我要歌唱，
我，诗人，
我，草茎，
根须，种子，花冠
大地的音节，
我把我的话语
加给叶子，
我爬上枝丫，攀上天空。
种子
跃跃欲试，
只是看起来
沉睡着。
火焰亲吻着它们，水
用丝带轻轻触碰它们，
而它们骚动起来，

充分摇摆着，
彼此追问着，
向下
投去目光，
卷曲的螺旋，
柔嫩的分叉，
运动，存在。
看一看那满溢的粮仓，
一切都休憩，
而生命的火焰
酵素酶
呼唤着，
发酵着，
以看不见的引线
燃烧着。
人能在眼睛里
在手指上
感受到压力，耐性，
胚芽与嘴的工作，
双唇与子宫的成就。
风拥有卵巢。
土地埋藏着玫瑰。
水喷涌出，寻觅着。
火沸腾起来，歌唱着。

万物
诞生。
而你就是
肥沃的力量，是一座钟，
在你的循环下
潮湿与沉默发育着
它们绿蔬的舌头，
浆液涌起，
植物的形态
爆裂开来，
生命之线
生长不停，
在边际
聚积起
花朵与枝串。
大地啊，春天
已在我血液里分泌，
我觉得
我如同
一棵树，一片土地，
在我身体里
完成了大地的
循环，
水，风与香气

织造了我的衬衣，
在我的胸膛里
已被秋日遗忘的土块
活泛起来，
我奔入雨中，吹着哨子，
火焰在我双手中萌芽，
而后
我高高举起
从我灵魂中流露的
一面绿色旗帜，
我就是种子，枝叶，
成熟的圣栎树，
因此，日日夜夜
我都要歌唱，
私语从根茎处攀起，
叶子在风中歌唱。
肥育之力啊，
我忘却了你。
我写下你的名字
在这支歌的
第一个音节，
你的存在本身更广阔，
更湿润，更嘹亮，
我无法描绘你，

到我这里来吧，
也让我肥沃起来，
每一天，都请给我
果实的滋味，
请给我根茎的
隐秘的坚韧，
请让我的歌声
落在大地上，
每个春天，
它的每段诗行
都会升起。

花颂

贫贱的
花
开在
贫贱的窗台，
穷太阳的
花瓣
落在
潦倒的
破屋子前。

我看见
一朵花，它满头的长发，
它缎子的胸乳，
它的秀美
如何在商铺中
闪闪发光。
我看见
那色彩，
那丝缎的光
肿胀的塔，

黄金的枝丫，
黎明的紫色花瓣，
玫瑰火热的乳头，
如何衣冠齐整又赤身裸体，
准备好
进到富人的房屋里。

地理已漫出
它的天赋，
海洋
化为道路，
大地
掺混了纬度，
就这样
远方的花
带着火焰航来，
就这样
抵达你的门口，
在那儿，一只
仓促的手
将它移开：
“你不是
贫贱的花，”她说，
“花啊，也轮到你

在蜡漆的厅堂中
闪耀，不要
钻进那晦暗的街巷，
快加入
我们垄断的欢乐。”

于是，我穿过街巷
看那些窗子
天竺葵坠下的红
就在那儿歌唱，
在贫贱的生活中歌唱，
在那儿，
一朵石竹花挺立起
纸与香气的箭矢，
就在碎玻璃边上，
在那儿，
一枝白百合离开它的修道院
与清寒共生。

哦，花啊，我并不是谴责你，
蜷曲委任的高茎之花，
不是禁止你
将大地与你的美一同
抬升出闪电

也带入富贵之家。
我敢保证
明天
你就会在
所有人类的
屋宅中盛放。
不要恐惧
幽暗的街巷，
大地之上
没有一个昏暗巢穴
能不让春天钻入其中。

花啊，我不是责备你，
我敢保证
我说的每一句都是真的
为了让你
在所有的窗前，
在所有你应该盛放处
盛放，
花啊，
从这一刻起，我战斗
我歌唱，歌唱
如此简单地，
为所有人歌唱，
因我承担着
这分发明日的花的职责。

蓝花颂

在草原上
步行至海边
如今是十一月——
一切已诞生，
一切已具其形
已有曲折与芬芳。
我将一叶一叶
一步一步地
领略大地，
直到疯狂的海岸线。
忽然一阵气浪波动，
野麦子
荡起涟漪：
一只鸟儿
从我脚边凌空而起，土地
缀满金丝线
与无名的花瓣，
它忽然闪动着绿玫瑰的光，
与荨麻纠缠，露出
仇怨的珊瑚色。

细长的茎梗，星点的
黑莓丛，
每一株招呼我的草木
尽不相同，
有时，棘丛一闪而过，
有时，一阵新鲜，纤柔
却苦涩的香气轻轻跳动。
磕磕绊绊地穿过
隐匿春天的低矮草丛
朝向太平洋的
泡沫走去，
似乎
在大地终结之前
在最宽广大洋百米之前
一切都变为谵妄，
萌芽与歌唱。
细小的草茎
被冠以金黄，
沙土中的植物
射出紫色的光线
月亮或火焰的方向
通往每片有关遗忘的小树叶。
在海边，在十一月
在蘸了光、火与海盐的荆棘丛中

穿行

我发现一朵蓝花
诞生在最是崎岖的草原上。
你究竟是从哪儿，从哪片深处
提取了灿烂蓝光？
你那颤抖的丝绸
在地底
是否会与深海对话？
我把她放入手心
看着她，好像大海
就在一滴水中翻滚，
好像在这场
土地与水的角斗中
一朵花举起了
一面小小的军旗，
它属于蓝色的火焰，
无可抗拒的和平
和不可驯服的纯净。

火颂

发狂的火焰啊，
如此能量充沛，
是瞎子，却满是眼睛，
迟缓，急骤，
出言不逊，
黄金的星辰，
木柴的窃贼，
静默的恶棍，
烹煮洋葱的厨子，
出名的小火星混蛋，
长了一百万颗牙齿的疯狗，
听我说，
你是千家万户的中心，
永不衰败的玫瑰丛，
生命的摧毁者，
面包与窑炉的天父，
车轮与蹄铁
荣耀的祖先，
金属的花粉，
钢铁的锻造者，

火，
你听我说。

你的名字在燃烧。
说出“火”
给人以愉悦，
它远比“石头”
或“面粉”
动听。
在你黄色的光芒边上，
在你的红尾旁，
挨着你红苋般
亮眼的鬃毛，
词语如此冰凉。
有人说着，火，
火，火，火，
在嘴里
点着了什么：
是你的果实在燃，
是你的月桂在烧。

可你唯独偏偏
不是词语，
尽管所有的词语

要是没有

炭火

就会从时间之树上

剥落，坠下。

你是

花，

飞行，

是完成，是拥抱，

是捉不住的事物，

是摧毁，暴力，

是缄默，是死亡与生命的

风暴之翅，

是创造，是灰烬，

是炫目的火花，

是满布眼睛的利剑，

是权柄，

是秋，是意外的夏日，

是火药爆炸的干雷，

是山脉坍塌，

是烟尘之河，

是黑暗，是寂静。

你在哪里，又变成了什么？

只有无形的尘灰

还记得你的篝火，
而在双手中，
留有花或灼伤的
痕迹。
我终于
在我空空如也的
纸面上找到你，
我要主动
为你歌唱，
火啊，
现在
你在我面前
安静如斯
而我寻找着
角落里的里拉琴
或是带有
黑色闪电的相机
要为你留影。

终于
你与我一道，
不为毁坏我
也不为让我用你
点燃烟斗，

只为有人触碰你，

梳理你的

一头长发，

每一根危险的丝线，

稍稍擦亮你，挫伤你，

只为你

鼓起勇气

和我一道，

你这

猩红公牛。

来吧，

现在就

烧毁我，

进到

我的歌声里，

爬进

我的脉搏，

再从我的嘴里

喷出去。

现在

你明白

你不能

与我一起：

我会把你
变成一支歌，
我会在你身上
爬上爬下，
把你囚禁到
我的音节里，
锁住你，让你
嘶嘶作响
把你灌进
颤音中，
好像
你是一只笼中的
金丝雀。

不要穿着你
那身臭名昭著的
地狱鸟的长袍
来找我。
在这里，
你已
生死注定。
如果我沉默，
你就熄灭，
而如果我歌唱，

你就溢出，
赐我所需的光。

在我
所有朋友里，
所有敌人中，
你都是
最难相处的一个。
大家
都要把你捆起来，
你这口袋里的恶魔，
深藏在
银行与法令中的
风暴。
而我不。
我要把你
带在身边
对你说：
是时候
让我看看
你会做点什么。
打开你自己，放下你
蓬乱的头发，
上升呀，燃烧呀，

直至天空高处。

让我看看
你碧绿赤橙的
身体，
升起
你的旗帜，
在世界之上
燃烧，
或留在我身边
沉静如
一块不幸的黄玉，
看着我，
沉沉睡去。
再用你无数的脚
爬上楼吧。
窥探我，
活下去，
让自己
被书写，
以我的词语
用你的方式
燃烧着
歌唱。

危地马拉颂

危地马拉，
今天
我要为你
歌唱。

没什么理由，
也没有目的，
这个清晨
天亮时
你的名字
纠缠在我
嘴唇上，
绿的露珠，
晨的清新，
我想起了
那些用野蛮的细绳
捆扎你雨林中
神圣宝藏的
藤蔓。

我想起高处
你水系的
无形河床，
那秘密的
喧响的湍流，
捆扎在
枝叶上的花冠，
一只鸟儿，
如一颗意外的蓝宝石，
天空满溢
如一只酒杯
盛满平和与透明。
再往上
是一片湖
以石头命名：
阿玛蒂特兰。
它幽深的祖母绿
惊惧的深邃中，
填满了
水，天空的水，
聚集了
水，星星的水。
沿着湖边
仍有玛雅的

部落
生存。

如此娇嫩，柔软
蜜的追逐者，
星辰的秘书，
战胜了
最古老的谜语
却被击败。

看他们村庄的
辉煌礼服
是多么悦目，
他们还勇于
继续身着
闪亮的袍子，
金黄的刺绣，
猩红的马裤，
色彩一如黎明。
过去，
那些来自
服丧的卡斯蒂利亚的
士兵们
埋葬了美洲，

而直到现在
美洲人
都身披
埃斯特雷马杜拉的
执事长袍，
着洛约拉的
教士服。
诘问不休的
西班牙
是个炼狱，
把一切声音
与色彩
都罩了起来，
还有美洲的血统，
花粉与欢乐，
只给我们留下
他们萨拉曼卡的
丧服，
他们冷酷无情的
破烂甲胄。

那已湮没的色彩
只在你身上还活着，
那放光的羽毛

还活着，
你水罐中的清凉
还活着，
深深的
危地马拉啊，
一浪接一浪的
死亡
并没有埋葬你，
那些入侵的
异域的翅翼，
那些殡葬的布料
都没能够
掐断你
灿烂花朵的
花冠。

在克萨尔特南戈
我见过
集市上
富饶的人群，
那些以爱
以古老的
疼痛
编织的篮子，

那些色泽激越的
布面，
红色的种族，
瓦罐的头颅，
金属百合的
侧影，
肃穆的眼神，
如河上草鹭的
双翅般洁白的
微笑，
黄铜色的脚，
隶属土地的
人，
那些如纸牌上的
君主一样
持重的
印第安人。

那么多
烟尘
落在他们脸上，
那么多
沉默
只能以玉米，以烟丝，

以水流

叙说，

他们

为暴政所迫，

甚至在他们满是崎岖的

疆土上，

在海岸边，

被将大地夷为平地

将果实窃取的

北美入侵者

威胁。

现在

阿雷瓦洛

为他们

掘起了

一小把泥巴，

只是一小把，

胚芽的尘埃，

而仅仅如此，

仅仅如此，

危地马拉，

给穷人，

一小块

细小的
芬芳的
土地，
几粒种子，
给农民
一把犁。
因此
当阿本斯[①]
裁定正义时，
随着土地
分发枪支时，
当那些坐拥封地的
咖啡商人，
那些芝加哥来的冒险家
发现
坐在政府大楼里的
竟不是一个
专断的傀儡，
而是一个
活生生的人时，
就掀起了
狂怒，

① 哈科沃·阿本斯·古斯曼（Jacobo Árbenz Guzmán，1913—1971），危地马拉前总统，执政期间颁布土地改革法，规定征收闲置地与出租地。

报纸上
满是通告：
危地马拉在燃烧。

而危地马拉并未燃烧。
高地上，阿玛蒂特兰
静谧的湖水
如同几世纪的凝视，
朝向日月闪烁，
杜尔塞河
输送着
主要水源，
承载
鱼儿，小鸟，
它的雨林，
它源自美洲
原初气息的
心跳，
高地的松树
窸窣私语，
而这淳朴得
如同沙子
如同面粉的
民族，

第一次，
能面对面地
认识希望。

危地马拉，
今天我为你歌唱，
今天，我为你
往昔的不幸
和你的希冀歌唱。
为你的美丽歌唱。
可我也想
用爱捍卫你。
我知道一些人
为你准备了坟墓，
与他们为桑地诺[1]
挖出的那个相同。
我了解他们。请你
不要指望
刽子手有什么怜悯之心。
今天他们准备
杀死渔民，
用谋杀岛上的鱼儿当作热身。

---

① 奥古斯托·塞萨尔·桑地诺（Augusto César Sandino，1895—1934），尼加拉瓜反美游击队领导人。

他们冷酷无情。而你，
危地马拉啊，
你是一把，一小把
混着种子的美洲的尘，
一小把
希望。
请捍卫它，捍卫我们，
今天
只有我的歌喉，
明天，就有我的人民
还有我的歌
我们
我们会赶来
告诉你：“我们在这里。”
小妹妹，
热烈的心，
我们在这儿，已准备好
流干血
去捍卫你，
因为在黑暗的时刻
你曾经是
荣誉，是骄傲，
是尊严
属于整个美洲。

线颂

这就是
诗歌的线。
像绵羊一样
满身
黑羊毛，
白羊毛。
你呼唤它们，
奇迹的羊群
就会赶来，
还有英雄，矿石，
爱的玫瑰，
火的声响，
这一切都会
来到你身边。
一整座山
听任于你，
如果你打算
骑马穿越它
你的胡须会变长，
你会睡在地上，

你会挨饿
而在山上
一切都会是幽影。
你不能那样做，
你必须织造它，
提起一根线，
高举它，
无穷无尽，
纯净无瑕，
它从许多地方冒头，
从雪地中，
从人那里，
它很坚硬，因为
是所有金属
织就了它，
它也很脆弱，因为
是烟尘颤抖着
绘出了它。
这就是
诗歌的线。
你不必
再将它卷起，
再用时间与土地
让它缠成一团。

正相反，
它是你的琴弦，
把它挂上你的西塔拉琴
以群山的洪亮之口
说话，
编织它，
它会变成
船只的攀缘藤，
让它不断生长，
让它负载讯息，
给它通电，
把它交付
给风，给风波，
让它再次，齐整地
排成长列
包裹住世界，
又或者，穿针引线，
精心，精心地
织就仙女的披风。

我们需要毯子
来度过整个冬天。
农人
来到这里，

为诗人
带来一只母鸡，
一只可怜的母鸡。
而你能给他们什么呢？
你能给他们什么？
好吧，
好吧，
是线
是能为那些
除了几块破布
一无所有的人
纺织衣裳的
线，
给渔民编织
渔网，
给锅炉工人缝制
绯红的衬衫，
以及织就一面
献给所有人的
旗帜。
在人群中，
在他们石头一样
沉重的痛楚里，
在他们蜜蜂一样

轻快的胜利中，
线就在那里，
在一切
正在发生
即将到来的
事物中，
往下，
它在煤炭中，
向上，
它在苦难里，
和所有人一起，
和你一起，
和你的民族一起，
线，
诗歌的
线。
与精心权衡
无关：
这是命令，
我命令你，
手臂中抱着西塔拉琴，
陪伴我。
有无数耳朵
正在渴盼，

有一颗
被埋葬的
可怖的心，
是我们的
家，我们的民族。
去找那根线！
去找那根线！
把它从
黑暗的深山中
取出来！
去输送闪电！
去撰写旗帜！
这就是
诗歌的线，
浑身通电，简洁而神圣，
芬芳而必要，
在我们不幸的手心里，它永不间断：
在每天的光里，
它会一再复活苏醒。

平凡者颂

我要悄悄告诉你，
我究竟是谁，
这样，你就能大声
告诉我你是谁，
我想知道你是谁，
你挣几分，
你在哪个车间，
在哪座矿井，
哪个药铺劳作，
我肩负一个沉重的职责，
就是去了解这些事，
去了解这一切，
去日夜探寻
你叫什么名字，
这就是我的工作，
只认识一种生活
绝不够，
而去认识全部的生活，
又并非必需。
的确，

必须琢磨深入
刨根问底，
而就如同线条
藏匿在一片织物里，
被颜色
与编织的经纬所遮盖
我将颜色擦除，
一直寻到
最深处的质地，
这样我也会发现
人的团结，
在面包里
我要寻找
超出它形态的东西：
我爱面包，我咀嚼面包，
所以
我看到了麦子，
看到了未成熟的麦田，
看到了春天碧绿的形态
看到了根茎，水，
因此，
在面包之外，
我看到了大地，
看到了大地的团结，
水，

人，
我就这样
品尝了一切，
在一切事物中
寻找你，
我漫步，我游泳，我航行
直到发现你，
所以我要问你，
你叫什么名字，
我要问你的地址与号码，
让你收到
我的信，
让我告诉你
我是谁，我挣几分，
我在何处生活，
我父亲其人。
你会发现，我如此平凡，
你也如此平凡，
这事没有一点儿
复杂之处，
我与你一同劳作，
而你生活着，来来回回，
由此至彼
一切都简单至极：
你就是生活，

你如水一样透明，
我也如此，
我的职责就在于此：
变得透明，
每天
我都自我训练，
每天
我梳理头发
像你一样思考，
像你一样行走，
像你一样饮食，
我将爱人拥在怀中
像你拥抱你的爱人，
所以
当这一切已被证明，
当我们平等如一，
我就书写，
以你我的生命
书写，
以你我的爱，
以你所有的痛楚
书写，
所以
我们也有所不同
我们如一对老友

我的手搭上你的肩，
在你耳边告诉你，
别再忍耐，
这一天已经到来，
来吧，
来和我一起，
来吧，
来和所有
与你相似的人一起，
和最平凡的人一起，
来吧，
别再忍耐，
来和我一起，
即便你并不知道，
我却很清楚：
我知道我们要去往何处，
就是这句话：
别再忍耐
因我们必将胜利，
我们必将胜利，
最平凡的人啊，
我们必将胜利，
即便你将信将疑，
我们必将胜利。

不安颂

不安啊，母亲，在你的双乳中
我畅饮带电的牛奶，
严酷之举！
月亮并未教会我
如何运动。
正是不安，维持了
船舰的
静态飞行，
马达的剧颤带来了
机翼的平滑，
而如果没有蜜蜂
不凡的躁动
花蜜只会一直沉睡于花冠。
我不愿
从任何孤独中脱身而出。
我不愿
我的字句束缚别人。
我不喜爱
没有波涛的海，
无人存在的诗，

无人居住的画，
没有风吹过的音乐！
不安就是夜晚
与夜的美丽，
在它的旗帜下
一切都跳动不已，
而太阳
就是燃烧的运动，
是一阵狂喜！
星星在池塘中
腐烂，
纯净在瀑布中
高歌！
不安的理性
开辟了大海，
从一团混沌中，
楼宇诞生。
城市并非
一成不变，而你的生命
绝不是从死亡中获取材料。
旅人啊，请与我一道。
让我们给大地的美德
以宏伟规模。
我们会改变麦穗。

我们会将光线带给
最遥远的受罚的心脏。
我相信
在一个不安的春天之下
果实的澄净
消耗殆尽，
香气散开，
行动与死亡
进行斗争。
胜利属于
打开大地嘴唇的
躁动之光，
而辉煌果实的
甜蜜，
这样才送入你口中。

冬日颂

冬日啊，我们之间
总有点儿什么，
雨中的小山丘，
风中的疾驰，
你的银装
渐渐堆聚的
窗台，
你铁的衬衫，
你打湿的长裤，
你透明的皮腰带。
冬日啊，
对另一些人而言
你是堤坝上的
雾气，
一件喧闹的外套，
一朵洁白的玫瑰，
雪的花冠，
而对我来说，冬日啊
你是一匹马，
雾水从你口鼻处升起，

雨珠从你尾巴上
滴落，
带电的光束
就是你的鬃毛，
你疾驰不停
泥浆飞溅至
过路人身上。
我们看着
你刚刚经过，
看不见你的脸，
我们也不知道
你的双眼
到底是海水质地，
还是山脉做成，
你刚刚经过
像一道闪电的
长发，
没有一棵树
毫发无伤，
叶子
在大地上
汇集，
鸟巢
如碎布

挂在高处，
而你疾驰
在这颗星球
垂死的光线中。

冬日啊，可你如此寒冷；
你的串串黑雪
屋顶的冰水
像针一样
穿过房屋，
像生锈的刀
将一切刺伤。
没有什么
能抵抗你。
咳嗽发作了，
孩子们穿着
打湿的鞋子走出家门，
床铺之上，高热
如同一面船帆
正驶向死亡，
燃烧的
穷人之城，
湿滑的矿井，
风掀起的战争。

从那时起，

冬日啊，我看见了你

漏风的衣裳，

当你哭泣，

呼号，

我听见在一片杉木中

你号角的鸣叫，

还有疯狂雨水中的阵风，

铺展开的雷鸣

或霜雪的心。

人类

在沙滩上变得高大，

浑身裹满了风波，

盐巴与太阳

用星星点点的丝绸

裹住新晋游泳员的肉体。

可是

每当冬日来临

人类

又缩成小小一团

支着丧葬的伞

行走，

浑身是

防水的翅膀，
打湿了，
又松软下来
像面包的碎渣，
赶去教堂，
或是读那戴丧的蠢话。
同时，
向上看，
在一片栎树里，
在冰雪之巅，
在海岸线上，
你以宝剑，
以你冰凉的提琴
以从你不驯的胸膛上
飘落的羽毛
统摄万物。

有一天
我们会看清彼此，
当你的美的宏大
不再坠落到
人的身上，
当你不再刺穿
我兄弟的屋顶

钻出洞眼，
当我可以
免遭啃噬，
就奔赴你世界的
纯白之巅，
我将前去庆贺
你脱去枷锁的统治。
我还会在我童年的
那同一场雨里
摘下帽子
因为我会对你的雨水
充满信心：
它们会荡涤世界，
带走纸张，
磨碎那些日子里
小小的污秽，
你的雨水
洗呀
洗呀
洗干净大地的脸，
一直下到最深处，
春天沉睡的地方。
你摇晃着她，刺伤她
透明的双腿，

也唤醒她，淋湿她，

春天开始工作，

清扫

衰败的叶子，

摆上她

芬芳的货品，

爬上

树木的阶梯，

突然

我们在高处

看见了她，

穿着新的衣裳，

睁开她古老的

绿眼睛。

科研者颂

有个人
躲躲藏藏，
用一只
高效的独眼巨人之眼
观察事物，
都是些小东西，
血，
水滴，
他观察
记录，也计算，
而宇宙就在那一滴中
运转，
银河颤抖
如一条小溪，
那个人
观察
并写下笔记，
在血液中
小红点
是移动的行星

或巨型白色兵团的
入侵，
那个人
就用一只眼
记录，
书写
那里封存着
生命的火山，
精液
呈现出它天空般的闪烁，
人类的小种子
这颤抖的
迅疾的宝藏
究竟如何出现，
然后，
一滴尿液
在苍白的圆周中
呈现了琥珀国度，
在你的肌肉中
有紫水晶的山峰，
颤抖的草原，
青绿的星宿，
不过那个人
仍是记录，书写

发现
一则威胁，
一个切分点，一轮黑晕，
他辨认这些，查找
他的笔记，
一切就无可遁形，
很快，
一次游猎
会发生在
你的身体里，
一场从科研人员的
独眼里
展开的战斗：
会是一个夜晚，
死亡在母亲身边，
无形恐惧的双翼
陪伴孩子，
这是伤口中的战斗，
而这一切
就从那个人
和他那只
在血液天空
寻找一颗恶星辰的
独眼开始。

他穿着白罩衣，
还在寻找
死亡
或者生命的
迹象，
数字，
色彩，
破译疼痛的
构造，发现
高烧的标志
或是人类生长的
第一个征兆。然后
那位无名的
发现者，
你的血管中的
旅行家，
告发你内脏各处的
蒙面入侵者的人，
那个一只眼的
可畏的人
取下挂起的帽子，
戴上它，
点一支香烟，
步出门外，

走来走去，

散入街道，

加入稠密的人群，

最终这被遗忘在

实验室的一滴液体中

微小又循环往复的怪物

就这样

像龙一般

消失不见。

列宁格勒颂

你纯净的石头多么光滑，
你洁白的天空多么辽阔，
美丽的
灰玫瑰，宽广的
列宁格勒啊，
我该以怎样的一种沉静
才能把我的鞋履
放到你古老的土地上，
它们从别的土地
远道而来，
从美洲的处女地走来，
我的双脚曾踩过
高海拔处的
泥水坑，
曾踏过
我祖国
宏伟山脉
无以言表的馥郁，
我的鞋子，
曾触碰

另一场雪，
暴躁安第斯山脉的
阵阵狂风，
而现在，
列宁格勒啊，
是你的雪，
你尊贵的
白的暗影，
河流伴随着台阶
沉入了洁白的洪流，
光线有如一根桃树枝
为你献出它的纯白，
哦，船啊，
白色的船啊，
航行在冬日，
多少事物
曾鲜活如斯，
曾随着我
一同摆动，
当我在你的船索
与石头的帆中
穿行，
当我踏上那些
我曾在书中知晓的

街道，
雾与海的精华
填满了我，
年轻的普希金
用他戴着手套的手
牵起我的手
我美洲的心
闯进了
往日
肃穆的大楼里，
崭新生活的
蜂巢里，
它因尊敬
与喜悦而跳动不停，
听着我脚步的
回声
仿佛唤醒了
深埋雪中长眠的
生命，
仿佛突然之间，
他们向我走来
与我同行
重重踩上了寂静
如同踩上船板。

多少个
旧日晚上，
远在他方：
我的书籍，
从海岛的天空
落下的雨，
落在属于大海的奇洛埃，
而现在
同一种
白的暗影
陪伴着我，
涅朵奇卡·涅茨瓦诺娃，
涅夫斯基大街之景，
如此宽广，沉沉安睡，
是一支淹没的合唱，
一把丢失的提琴。
古老的时光，古老的
洁白的疼痛，
从别城来的
可怖的事物
也曾在这里生活，
流血的折磨，
雾与雪的

苍白玫瑰，
涅朵奇卡·涅茨瓦诺娃，
雪中
雾里
荒唐的行动，
断断续续的
折磨，
生活
像井，
灵魂，
灵魂，
是盲鱼的
沼泽，
灵魂，
是昏沉酒精的
湖，
忽然
疯癫的
窗子
在夜里
说起胡话，
单弦的
奏鸣曲
旋拧进

魔鬼的
尾巴，
久久流传的罪行
被详尽地
一再盘点复述。
向酷寒的黎明致敬！
世界已然改变！
入夜了，
明净的
夜的孤独，
明天
白日
将满是歌声
与通红的面孔，
满是坐在
崭新欢乐的船上
航行而来的人，
满是敲打着
燃烧工坊的手，
满是提亮了
白色光芒的衬衣，
满是共享的事物
像别无二致的学校里
金子的面包，

就是这样，

现在，

书籍中

那些孤独的人

都来陪我，

不过

孤独没有来到，

它不存在，

他们在

生活的

花冠上燃烧，

体味着

劳作的

条理清晰的尊严，

古老的痛苦

分剥下它的叶子

像一棵

被风摇晃的树木，

抵抗

风暴，

现在

青铜的马匹，

那位骑士，

并不准备开启旅程，

他们回来了，
涅瓦河不会消失，
它带着金子的消息，
银子的音节
过来了。
那些裹在
迷雾中的
古老的
人物
离开了，
他们戴着
高高的烟的礼帽，
女人们
雕刻在雪中
在河流上
在头巾里哭泣，
他们搬了家，
从书里掉了下去，
手持斧头
在一个老妇人的
门口苦苦等待的
疯学生们
四处奔忙，
那个世界

属于狂热的牧师
和酒杯中死亡的狂笑，
雪橇
劫持了纯真，
大雪中
有血与黑狼，
那一切
都从书里掉出来，
从生活里逃出
像一个叵测的梦，
现在，
穹窿圆顶滑动着
日渐鼓胀的月亮的
戒指，
一个
无比晴朗的
夜晚
又一次
和城市一同航行，
两块重锚
升到了海军上将的大门口，
列宁格勒航行着，
那些阴影
散开，如此寒冷，

胆怯，

而冬宫的台阶上，

历史

迈着人民的双腿

登上来。

后来，战争

来到城市里，

战争仗着一口牙齿

咬碎了

古老的美丽，

饕餮之徒，

吞咽着一个

灰石头，雪

与鲜血的蛋糕，

战争

在墙壁间

吹着口哨，

带走了男人，

窥伺着孩子，

战争

带着它空空的麻袋，

它恐怖的鼓，

战争，

还带着碎玻璃

和在床上
在酷寒下僵直的
死亡。
而其意义崇高
高于冷杉树，
其圆润
如肃穆穹顶，
其耸直
如沉着圆柱，
沉痛的
抵抗
如同对称的
石头，
勇气
如同鲜活的火焰
在一片
茫茫大雪中
它是
不驯服的
篝火，
一颗
苏维埃之心
在列宁格勒。
而如今一切生存着，

安睡着，
列宁格勒的夜晚
不只是覆盖了
宫殿，
铁栅栏，
柏拉图的飞檐，
古老的辉煌，
不只是
引擎，
不计其数的
沁凉的房子，
宽广而公正的生命，
世界上的建筑，
夜晚，明净的暗影
都加入了这古老的夜
像白日，
像水的气息，
彼得大帝
与巨人列宁
融为一体，
时间
变出了一朵玫瑰，
一座无法逾越的塔。
闻得到

被埋葬的
火的气味，
折不断的
花的气味，
无视时间的
鲜活血液
在街上涌动，
过去和未来
在宽阔的玫瑰中
成为一体，
船只
航行，
北方的灰塔楼
散发出香气，
它宽广，属于天空，
坚定不移地
在白雪的王国里，
它没有满斥幽影，
而是被一种血液中的
崇高充溢，
被冠以
它历史中
海洋的声音，
骄傲地闪烁着光，

带着它的全部美丽，
像一场华贵的沙龙，
为整个民族的聚会
做好了准备。

书籍颂（其一）

书，每当我合上你，
我就打开了生活。
我听到了
港口上
断断续续的呼号。
铜锭
穿越沙地，
下到托科皮亚。
深夜。
在群岛中，
我们的大洋
随着鱼群跃动，
触碰着双脚，大腿，
我祖国的
石灰的肋骨。
一整夜，
它贴上海岸，
歌唱着迎来天明，
像叫醒了一把吉他。

海洋的拍打
在呼唤我。风
在呼唤我，
罗德里格斯，
何塞·安东尼奥
也在呼唤我，
我收到了一封
米纳工会的电报，
而她，我爱着的女人
（我不会说出她的名字）
在布卡勒姆等我。

书啊，你未能
把我包裹起来，
未能用印刷术
用天空的刊物
把我填满，
你未能
装订我的双眼，
我从你那里离开
带着我歌声的
沙哑的种族
去开拓丛林，
去锻造烧红的金属，

或是去山中的
火堆边吃烤肉。
我热爱
冒险之书，
有森林或大雪，
有土地深处或天空的书，
可是
我讨厌
蜘蛛之书，
有思想在里头
铺设恶意的电缆
让周围年轻的苍蝇
缠死其中。
书，放我自由。
我不想
穿卷帙浩繁的衣裳
我不从某一卷中来，
我的诗
也不以诗歌为食，
它们吞食
热烈的事件，
在风波中
汲取养分，
以土地与人群

为粮食。
书啊，让我带着
鞋上的尘土
在路上行走
而无须什么神话：
回你的图书馆里，
我要走上街去。

我从生活中
领悟生活，
爱，
是从一个吻中习得，
而除了我所经历的
我与他人共有的一切
我与他们共同战斗的一切，
在我歌声中传达的一切
我不能教给任何人
任何别的什么。

书籍颂（其二）

书，
美丽的
书，
迷你的森林，
叶子
叠着叶子，
你的纸张
有自然的
气味，
你属于
清晨和夜晚，
属于谷穗，
海洋，
在你古老的书页里
有猎熊人，
密西西比的
篝火堆，
岛上的独木舟，
稍晚些，
还有道路

与道路，

启示，

叛乱的

大众，

兰波有如一尾受伤

流血的鱼，

在泥潭中颤动，

友爱之美

就这样一石一石地

筑起人之城堡，

还有编织了

坚毅的疼痛，

团结的行动，

藏在

一个

又一个

口袋里的书啊，

是幽秘的

灯，

红色的星。

我们这些

步行的

诗人

探索着
世界，
在每扇门后，
生活都接纳了我们，
我们也参与了
尘世的战斗。
我们的胜利是什么？
是一本书，
一本充满了
人类联结
套着护封的书，
一本没有孤独
只有人
与工具的书，
一本书
就是胜利。
它诞生，坠落，
如所有果实，
不仅仅有光，
也不仅仅
有暗，
它熄灭，
散失，
流落街头，

倾倒在土地上。
清晨的
诗集
书页中
再度生出了雪与青苔，
这样
那些足迹，
或眼睛
会一点点
刻下痕迹：
你再一次
向我们描绘世界
密林中的
泉水，
高高的树丛，
极地的
植被，
还有走在路上
走在崭新的道路上的
人类，
他们跋涉在
林中，
水上，
天空里，

在海洋赤裸的孤独中，

人类

发现了

终极的秘密，

人类

携着一本书，

回来了，

猎人

携着一本书

回来了，

农民

携着一本书

耕作不停。

雨颂

雨又回来了。
它并不是从天空
或西边回来。
它从我的童年回来了。
夜晚敞开，一道雷声
撼动了它，那声音
席卷了孤独，
就这样，
雨水到来，
我童年的雨
回来了，
先是
一阵狂风，
然后
如同行星
蘸湿的尾巴，
雨水
滴滴答答
千百次重复的
滴滴答答，

像一架雪橇，
或暗色花瓣
在夜间
一阵广阔的跳动，
忽然
渐强，
用针
把叶片打得
千疮百孔，
有时
又像一件风暴披风
在寂静中落下，
雨，
是高处的海，
清凉而赤裸的玫瑰，
天空之声，
黑色的提琴，
真美，
从童年起，
我就爱你，
不为你的美德，
只为你的美。
我穿着一双破鞋子
在路上走动

而从豁了口的天空
落下的雨丝
打湿我的头发，
它们为我与根茎
带来高空的消息，
潮湿的氧气
和树林的自由。
我也了解
你的蛮横，
你在屋顶
打出窟窿，
穷人的房屋中
处处漏雨：
你在那儿
揭下你美丽的
面具，
满怀敌意，
像一副
天上的甲胄，
像一把玻璃匕首，
全然透明，
从那里
我才真正了解你。
然而，

我仍然
爱你，
夜里
我闭上双眼，
期待你
落在世上
期待你只在我的耳边
歌唱，
因我的心留存着
全部的大地之芽
金属在其中
沉淀
小麦拔节。
然而，爱你
让我嘴里留下了
苦涩滋味，
良心不安的苦涩。
仅仅是昨晚
这儿，在圣地亚哥
新莱瓜的村落
一座座塌陷，
贫民窟
宅屋，
拥挤的

肮脏残迹
不堪你的践踏
轰然倒塌，
孩子们
在泥浆中哭泣
女人就在那里
一天天地
睡打湿的床褥，
坐破旧的座椅，
在火堆边，在厨房里，
而你，黑色的
满怀敌意的雨，
你继续下
落在我们的不幸。
我相信
会有一天
我们将其
记入日历，
所有睡着的人，
所有的
梦中人
会有一个安全
坚固的屋顶，
而夜里，

当雨从我的童年
回来
它也会在其他孩子的
耳边歌唱，
这世上的雨之歌
会欢快活泼，
雨也是勤劳的
无产阶级的，
非常忙碌，
为山川草原
施肥，
给河流以伟力，
装点大山中
虚弱的迷踪小溪，
雨也在
飓风般的冰雪上劳作，
在牲畜的背脊上
撒野，
给小麦
早春的胚芽以价值，
清洗深藏的杏仁，
以力量，
以转瞬的温柔，
以手，以丝线，
参与大地的

准备工作。

昨日的雨啊，
哦，
伦科切与特木科的
悲伤之雨，
歌唱，
歌唱，
在屋顶上
在树叶中
歌唱，
在寒风中歌唱，
在我心里歌唱，
在我的信任
我的屋顶，我的血管
我的生命中歌唱，
我已不再恐惧，
滑落到大地上
以它的
也以我的歌喉
歌唱，
因我与它都有
要在种子上完成的工作
也歌唱着
分担了责任。

木头颂

哦，在所有事物中，
我熟悉的，
又能够辨认的，
只有木头，
我最好的朋友。
我把锯木厂的
香味
红木板的气味，
放进身体里，
夹在衣服中
带到全世界。
从童年起
我的胸膛，
我的感官
都浸透了
种满未来建材的
巨型森林中
倒下树木的味道。
我听见他们砍伐
巨人般的

落叶松木，

四十米高的月桂树。

小小的伐木工

他的斧子与腰带

一点点啄开了

傲慢的树干，

人类胜利了，

芬芳的圆木柱

轰然倒地，

大地在颤动，一阵

闷哑的雷霆之声，一番

根茎漆黑的啜泣，

然后是

一股

森林气味的浪潮

淹没了我所有感官。

那是我的童年，

在潮湿的土地上，

在偏远的南方雨林中，

在芬芳幽绿的

群岛上，

梁木与我

一同来到世上，

还有厚重如铁的

枕木，
细薄而咯吱作响的
板材。
锯子嘎吱嘎吱
唱着
它钢铁的爱，
锋利的刀刃号叫着，
锯子
切割着
森林的面包
发出金属的呻吟声
像一位分娩的母亲，
在光线
与雨林里
生下孩子
撕碎大自然的
肺腑，
生出了
木质的城堡，
人类的居所，
学校，棺木，
桌子和斧子的手柄。
森林中的
一切

都在潮湿的叶片下
沉睡，
突然
一个人
扭动腰肢
提起斧子
开始劈啄
树木纯净的肃穆
而它
倒在地上，
雷鸣与芬芳
也倒在了地上，
结构，形状
建筑
从中诞生，
从人的手中诞生。
木头啊，我认识你，
我看着你诞生，我爱你。
因此
如果我触碰你，
你会回应我
像情人的肉体，
你会向我展露
你的双眼，你的纤维，

你的树疖，你的斑纹
你静止河流般的
肌理。
我知道
他们用风的嗓音
所歌唱的，
我听见
暴风雨的夜晚，
森林中马蹄疾驰，
我触碰你，
你便如同一朵
干燥的玫瑰般打开自己，
只为我复苏，
为我献出
香气
与绝似死亡的火焰。
在肮脏的颜料下
我看透了你的毛孔，
你气闷地呼唤着我，
我聆听你，
感觉
那遮蔽我童年的
树木
摇摆不停，

我看见
什么东西
从你那里飞出，
像一次海上飞行，
鸽子，
书的翅膀，
人类
明日的纸张，
纯净的纸张
只为纯净的人
明天，它就会存在，
而今天
它正在锯子的噪鸣
和光，声与血的撕扯中
降生。
在时间的
锯木厂中，
暗黑森林
轰然倒地，
人类
暗自诞生，
黑色叶子
纷纷飘坠
雷霆之声

压倒我们，
死亡与生命
同时发声，
如一把提琴，
乐声渐高，
森林中锯斧的
叹息渐起，
木头
就这样诞生，
开始
全球环行，
直到变成
无声无息的建筑者
被铁器切割，穿孔，
直到忍受一切，也佑护一切
建造出
房屋，
每天
男人，女人
与生活
就在那里相遇。

不速之客颂

我国度的植物，大地的玫瑰
攀缘的星辰，
黑亮的莓果，
大海上升起的月之花瓣
我爱它们，以它们的不幸与波涛，
以它们的匕首与陋巷，
蛇立的罂粟花，
黑珍珠的康乃馨啊，
为什么偏偏
当我的酒杯已经溢出，
当我的心从哀伤转为热火，
当我已不再拥有那终生为你等待
只为给予你的事物，
你却来了，
为什么偏偏
当烧烫的字母
在我前额焚起，
你新娘的轮廓
那纯洁的线影
就抵达此处，如一枚指环

在地上滚动？
无论如何
你不该
来到我窗前
如一朵迟到的茉莉。
哦，黑暗之火啊，
触碰我
顺着我的血液
一直爬到我唇边的
不该是你。
如今
我还能如何回应你？
烧毁你自己吧，
别再期盼，
你深夜的石头的嘴唇
已没有等待。
烧毁你自己吧，
你在你的火焰中，
我也在我的火光中，
然后爱我
为一种并不为你等待的爱，爱我
爱我，我与你在其中
当一块石头，一株植物：
我们就靠那些

未能给予对方的事物存活下去：
靠一个玫瑰也无法倚靠的肩膀，
靠一朵自身灼痕明亮闪光的花。

大海颂

在这岛上，
大海，
每时每刻
又有多少海，
从它自身分流而出，
一会儿点头，一会儿摇头，
摇头，摇头。摇头，
点头，在蔚蓝之中，
在泡沫里，在疾驰中
摇头，摇头。
无法保持平静，
我叫作大海，反复
冲击着一块石头
却无法将它劝服，
于是
就用七条绿狗
七只绿虎
七片绿波浪的
七条绿舌头
舔遍它，亲吻它，

打湿它
敲击着它的胸膛
重复着它的名字。
哦，大海，这是你的名字，
哦，大海同志，
请不要白白浪费
时光与海水，
请不要如此摇摆不停，
帮帮我们，
我们是小小的
渔夫，
是岸边的人，
又冷又饿
而你是我们的敌人，
请不要如此猛烈地撞来，
请不要那样吼叫，
请打开你的绿匣子
请在我们每个人
手里都留下
你银子的礼物：
每日的鱼儿。

在每个家里
它都为我们所需，

无论是银子的，
水晶的，还是月亮的，
它为大地上
那些贫穷的厨房而生。
吝啬鬼，
请不要私存它，
在你的波浪下
寒冷如打湿的闪电
窜过。
来吧，就现在
把你自己打开，
靠近我们的双手
把它留下，
帮帮我们，
海洋啊，
幽绿而深邃的父亲，
终有一日
消灭大地上的贫穷。
请允许我们
收割你生命的
无尽作物，
你的麦子，你的葡萄，
你的牛，你的金属，
那湿润的光辉

与沉没的果实。

父亲般的大海啊，我们
已经知道你的姓名，
所有银鸥在沙滩上
分发你的名字：
从现在起，请好好表现，
别再晃动你的一头鬃毛，
别再威胁别人，
别再用你一口美丽的牙齿
撕碎天空，
请中止你
光辉灿烂的叙事
哪怕就一小会儿，
每天
给我们每个男人
每个女人
每个孩子
一尾鱼儿，
或大或小。
请走到这世界的
大街小巷
分发鱼儿
然后

大声叫喊，
叫喊到
所有工作中的穷人
都能听见你的声音，
他们从矿井口
探出身子：
“古老的大海
来了，正在分发鱼儿。”
然后再度往下钻去
回到黑暗里，
微笑着，大街上
森林里
所有人都微笑着，
大地
也挂上了海洋的笑容。

不过
如果你并不乐意，
不想这样做，
请你稍等，
等等我们，
我们会好好考虑一下，
首先，我们要解决
人类的问题，

这才是最紧要的，
其他的
只能稍后，
于是
我们会进入你体内，
用火焰的刀
劈开波浪，
骑一匹带电的马，
我们将跃过泡沫，
唱着歌
一路下沉，
直到我们触及
你五脏的底端，
一条原子的丝线
会护住你的腰肢，
我们要在你
深沉的花园里
种下
钢铁水泥的植物，
我们要绑住
你的手脚，
人们从你的
皮肤上行过
啐一口唾沫，

摇晃你的枝串，
织造甲胄
驾驭你，驯服你
统治你的魂灵。
不过这只有在
人类
非要解决
我们的问题
巨大的
巨大的问题时
才会发生。
我们会
一点点地
处理它：
大海啊，
我们要逼迫你，
大地啊，
我们要你就范
来施展奇迹，
因为只有
在我们自己身上，
在战斗里，
才有鱼，有面包，
有奇迹。

观鸟颂

现在
就去寻找小鸟！
钢铁般的枝丫
高悬于森林，
土壤厚实，肥沃，
世界
湿漉漉的，
雨水，露珠，
一颗细小的星星
在树叶间闪烁：
清晨的
大地母亲
如此沁凉，
空气如同一条
摇颤寂静的
河流，
闻起来
像迷迭香，
也像宇宙
与根茎。

向上看，

一支疯癫的歌，

一道瀑布，

是一只鸟儿。

从它比一根手指

还细小的嗓子眼儿里

究竟是如何

坠下这歌的河流？

灿烂的才能！

是隐形的

力量，

是叶片间

音乐的湍流，

是神圣的对白！

这一天

洁净，明澈，新鲜，

清亮得

像一把绿色的西塔拉琴，

我把鞋子

埋进

泥潭，

跳过泉水，

一根刺
咬噬我，一阵空气
如结晶的浪
在我胸膛中开裂。
小鸟们
到底在哪里？
或许
是那阵枝叶间的低语
或许
是那惊慌逃窜的
棕丝绒的一团，
或许
是那片香气的挪移？
从肉桂树上
脱落的一叶
是不是一只鸟儿？
那发怒玉兰的
尘粉
或那轰然坠落的
果实
是不是一次飞行？
哦，隐形的
小侏儒啊，
恶魔的鸟儿，

快带着你们的花铃,
和无用的羽毛
去魔鬼那里!
我只想
轻轻抚摸它们,
看它们熠熠闪光,
我不愿
在玻璃橱柜里
看到防腐的闪电,
我愿看到它们
生机勃发,
我愿触碰它们
永远不会遗落在
树枝上的
真皮手套,
和它们
在肩上
聊聊天
尽管它们会把我当成
某些刷错了漆的雕塑。

可这不可能。
它们不可触碰。
听起来

像天上的
低语与翕动，
它们精确地
彼此交谈，
重述着
它们的观察，
时不时
吹嘘一番，
对存在的一切
发表高见，
它们还精通
几门学科
比如水文地理
也确确实实知道
哪里正收获
谷子。
那么，
隐身在
树林里，
雨林中，
纯净树丛里的
鸟儿啊，
合欢树上的鸟儿，
圣栎树上的鸟儿，

疯狂的，痴恋的
预料之外的
鸟儿啊，
虚荣的
歌手，
迁徙的乐手，
在带着一双
打湿的鞋子，
满身刺与干草叶
回到家中以前，
一句话在我嘴边：
流浪儿啊，
我爱你们，
爱你们自由，
远离猎枪与囚笼，
逃逸的花冠，
我就这样
爱你们，
爱你们怎么也抓不住，
一个建立在高处
团结悦耳的社会，
自由的
叶子，
空气的

斗士，
烟的花瓣，
自由，
欢乐，
迅疾，善于歌唱，
在空中，
在地上，
风的航行家，
无比柔软巢穴的
幸福
建造者，
不知疲倦的
花粉信使，
花的说媒人，
种子的
叔父，
我爱你们，
爱你们从不讨人喜欢：
可只是
和你们在风中
同住一分钟
归去时
我感到了幸福。

呢喃颂

爱的诗行，
哀悼的诗行，
狂怒与月亮的诗行，
都被归到我头上：
我以劳作
苹果与欢乐，
不停写作的诗行，
人们说它们不属于我，
它们显露出来自
皮蹄内伊，怕波，
馊多思特斯的影响。[1]
哎呀呀，我们还能怎么做！
生命
在我掌心放下
一只
又一只鸽子。
我学会了飞行，
又飞翔着

① 此处聂鲁达故意编造了几个假名，讽刺那些研究他诗歌创作影响源头的评论家。

四处教学。
从天空之上
我学会了
大地的责任，
我看见
比鸟儿
浴血飞行
更伟大的
人类的成就。
我热爱大地，我把
行经的水的透明
放在心间，
用泥与风
捏塑我永恒的歌的
酒桶，
就这样，
在村落，
在房屋，
在港口，
在矿井，
我渐渐征服了
人类的家，
和穷人一起
抵抗贫穷，

和我的兄弟姐妹，
一同生活。

所以，
每一次漆黑浪潮的攻击，
每一记来自生活的
沉重的
掌掴
都朝着我
可怜的骨头打来，
响亮如钟鸣，
我变成了一个
敲钟人，
大地与
人类的
敲钟人。
现在，
我是敲钟人，
我用灵魂
紧抓绳索，
在巨响中
大地
与我的心
共振，

我走遍群山，
上上下下，
分发着战斗的号子，
欢乐与希望。
为什么
每当我
有些疲倦，
每当我睡着，
每当我外出
和朋友们痛饮
我所深爱
我所保卫的大地
奉出的美酒，
为什么
你总是
追踪着我，
用一块石头，
一块倔驴的颏骨
扰乱我的心弦，
你是否
想把我吓住，
就因之前
没有人能
使我沉默？

你是不是以为
只要在路上
放一片
湿滑的
苹果皮
或者远远地
吐一口唾沫
你就能
结束我的钟鸣之歌
结束我敲钟人的天命？
是时候
让我们了解彼此了：
请你趁早躺下，
担忧一下
如何结清裁缝的账，
怎么报答你的母亲，酬谢你的连襟，
就让我
登上阶梯，
走向我的大钟：
在严寒中
太阳依旧燃烧，
柜台里，
面包还散发热气，
大地芬芳，

天亮了，

我和我的大钟，

我的歌声

一起醒来，也把你唤醒。

这就是我的职责——

尽管你或许并不乐意——

我要唤醒你，

唤醒所有沉睡者，

要让夜行者相信

光已降临，

这一切

做起来

又是多么容易，

多么愉快，

好比在公共的大道上

分派面包，

连我都能胜任，

唱着我的歌，

响亮如流经的水，

像一个敲钟人

铁面无情。

夜晚颂

在白日之后，
在每颗石头，每棵树
每本书之后
夜晚啊，
你驰骋，劳作
或休憩，
你等待着
幽遁的根茎
养出你的枝叶与花朵。
你在天空中
飘动如旗帜
直到填满山，填满海
填满最小的空洞，
填满疲倦农人
钢铁的眼睛，
耽于梦境的
人类嘴巴的
黑珊瑚。
你在河流的
野蛮径流上

自由飞奔，
夜晚啊，
你还覆盖了
幽秘的小径，
迷恋赤裸身躯的
繁星之爱的深重，
伴随一声暗影的尖叫
飞溅起的罪恶，
与此同时，
火车飞驰，
锅炉工将夜的炭块
丢进烧红的烈火，
忙着做统计的雇工
一头钻进了
树叶石化的森林，
而面包师揉制着
一团雪白。
夜晚栖息
如一匹盲马。
雨水
从北到南地
落到我祖国
巨大的树木上，
落到瓦楞金属屋顶上，

响起一支
夜晚的歌，
雨与黑暗就是锻造
鸣唱之剑的金属，
而星星或茉莉
在漆黑的高处
看守着
那些几个世纪中
我们会一点一点理解的
预兆。
夜晚啊，
我的夜晚，
全世界的夜晚，
你体内有什么东西，
像孩子一样滚圆
将要诞生，如一颗
爆裂的
种子，
那是奇迹，
是白日。
你的美
无与伦比
因你以晦暗之血
滋养了初生的罂粟，

因为你两眼紧闭
辛勤劳作，
只为能睁开双眼，
为水能歌唱，
为我们的生命
能够醒来。

数字颂

多渴望于了解
究竟有多少！
多热切于知道
天空中的星星
到底有多少！

我们就是这样
度过童年的
数石头，数植物，
数指头，沙子，牙齿，
青年时代，我们数
花瓣，流星
我们也数
颜色，年月，
生命，吻
在田埂中
我们数的是牛犊，
在大海上
我们数浪花。而船只
就成为不断繁殖的数字。

数字也会分娩。
城市，
裂变成千百万个，
不计其数的麦子体内
有其他更小的数字，
甚至比一颗麦粒还小。
时间也化身数字。
光线也被编号
无论它如何与声音赛跑
速度始终是数字 37。
我们身边尽环着数字。
夜间，当我们疲倦地
关上大门，数字 800
就从底下溜进来，
径直同我们一起
睡到了床上，
而在梦境中
数字 4000 与 77
用它们的锤子钳子
不断敲打我们的前额。
数字 5
自我叠加
直到沉入大海或沉入疯狂，
直到太阳用它的 0 问候我们

我们跑向
办公室，
作坊，
工厂，
重新开始我们
每一天无尽的数字 1。

人类啊，我们有的是时间
来填饱自己的渴望，
这计数并将事物相加的
远古的欲望，
以及将它们
粉碎成尘土
粉碎成数字流沙的欲望，
我们就这样渐渐
用数字与名字
裱糊整个世界，
可是，
事物存在着，
逃离了数字，
它们大批大批地
陷入疯狂
然后蒸发
只留下

气味或是记忆
而数字最终
空空如也。

因此
对你
我期冀于事物本身。
让那些数字
下牢房吧，
让它们在
封闭的堆垛里
摇摆
生殖繁育
直到给我们算出
所有无尽的总和。
我希望那些
沿途的数字能守卫你，
而你也能守卫它们。
你每周薪资的数字
会膨胀到覆盖你胸膛。
从你与你心爱者
交织身体的数字 2 中，
会出现一对对
你孩子的眼睛

去重新计数
那些古老的星星
和不计其数的麦穗
布满在被改造的大地上。

秋日颂

哦，大地已经
久未逢秋，
这让人
怎么活下去！
哦，多压抑的
水中宁芙女神，
春日
以嬉闹的叶柄果蒂
挂在所有世界之树上
示众。
而后是
夏日，
麦子，
麦子，
时断时续的
蟋蟀叫声，
蝉鸣，
放肆的汗水。
而后
清晨时

空气中携来
一颗星球的热气。
从另一颗星辰上
银水滴落下。
呼吸着
边界改变，
从湿度到风
从风到根茎
都发生变化。
有喑哑而深沉的事物
在地底劳作
贮藏着梦境。
能量绕成线团，
肥沃的
丝带
卷上指环。

秋日
谦虚如樵夫。
取下所有国度
所有树木的
所有叶子
是多么劳神费力。
春日

曾经飞翔着
把它们缝上去，
现在
又必须摇落它们
让叶子如黄鸟
坠落。
这并不容易。
需要时间来完成。
必须要跑遍
所有道路，
要说不同语言，
瑞典语，
葡萄牙语，
要会使用红色的语言，
绿色的语言。
要会用所有的语言
沉默，
在任何角落
任何时候
让叶子掉落
掉落，
掉落，
掉落。
当春天容易，

当秋天
可不简单。
前者点燃所有
生来就要
被点燃的事物。
后者却熄灭世界
轻轻滑动它
就像黄色之物上的圈箍，
直到气味，
光线与根茎融为一体，
让酒汁漫过葡萄，
充满耐心地
摇晃高处树木
不规则的硬币
然后再把它们洒向
大方而荒凉的街道，
这是专属于
男人之手的行当。

所以，
秋日啊，
你是陶工同志，
星球的建造者，
电工，

麦子看管员，

我将我的手伸向你

男人间的握手

我请你邀我

骑马同行，

与你一同劳作。

我一直想成为

秋的学徒，

当高空中辛勤技工的

一个小亲戚，

驰骋大地，

分撒黄金，

无用的黄金。

不过，秋日，

明天

我会帮你

让街上的穷人

都收到金叶子。

秋日啊，优秀的骑手，

在黑色的冬日

赶超我们之前，

我们飞奔吧。

我们漫长的工作

的确艰难。

我们得让大地

做足准备，

教她成为

一位母亲，

教她留存住

腹中的种子

它们会在两个

环游世界的

红骑士的照料下

安眠：

一位是秋日，

一位是秋的学徒。

就这样，从黑暗隐匿的

根系中，春日的

芬芳与绿面纱

将破土而舞。

橙黄雀鹀颂

我把你埋在花园：
一个
小小的墓穴
像一只张开的手，
南方的
土地，
寒冷的
土地，
慢慢覆盖上
你的羽毛
你熄灭了的
身体上的
黄射光
黑闪电。
从马托格罗索，
从富饶的戈亚尼亚
他们把你锁上
差遣过来。
你不能如此。
你逃离了。

关在笼子里
两条细小的腿
僵直着
好像紧抓住
一根无形的枝丫，
死气沉沉，
被捆扎的小可怜
羽毛
都已熄灭，
远离
初生的火焰，
母亲的温厚，
远远地，
落在酷寒的大地。

最纯洁的
鸟儿啊，
我在你活着时
见过你，
仿佛带电，
激动不安，
叽喳不停，
你的身体
是一枚

馥郁的箭矢，
你自立而不驯地
迈过我的手臂，
我的肩膀，
是黄的花粉，
黑石的黑。
哦，蛮荒的
美，
你足迹
竖立的方向，
你的眼中
有挑衅的
火花，可你就这样
像一朵桀骜的花，
以一种大地
诚实的从容，
枝串般饱满，
探险发现家一样
不甘平凡，
也自信于
那淡淡的骄傲。

我做错了，
对我祖国的初秋，

对现在疲软
纷纷落下的叶子，
对那带电的
南方的风，
对坚忍的树木，对那些
你并不相识的叶子，
我把你带来，
让你的骄傲
漫游到另一个灰土的太阳
远离你燃烧的
西塔拉琴般鲜红的太阳，
当你的笼子
落上金属的机坪，
你不再有
风的威严，
你已被剥夺了
曾覆盖你的
天顶之光，
你已经是
死亡的羽毛，
在我家里，
你最后的目光
紧盯住我的面庞，
不屈之中

透露出责备。

然后，

你双翅紧闭，

再度回到了

你的天空，

回到宽广的心，

回到绿色的火焰里，

燃烧的大地上，

回到山坡，

藤蔓，

果实中，

空气里，

星星上，

回到未知的泉水

秘密的声音中，

回到森林肥沃的

潮湿中，

你回到

你的出生地，

回到金黄的灿烂中，

回到幽暗的胸膛，

回到你祖国的

大地与天空。

面包颂

面包啊，
在面粉，
水
与火焰中，
你惺忪睁眼。
厚实又轻盈，
圆圆的，随意摆放着，
你效仿着
母亲的肚皮，
地球
昼夜等分线的
胚芽。
面包啊，
你如此简单，
又如此深邃：
在面包店
洁白的托盘上，
一排排伸展开，
摆放如餐具，碗碟
如一张张纸，

忽然，一阵
生命的波动袭来，
那是麦胚与火焰的
融合，
你长啊，长啊，膨胀啊，
忽然，
如同腰肢，嘴唇，乳房，
像地上拔起了一座座小山，
像生活，
温度不断上升，一种饱满
一阵肥沃的风
整个儿淹没了你，
你金子的色彩得以固定，
你的一个个小肚皮
于此受孕，
深褐色的疤
在你两半的金黄之上
留下了灼烧的痕迹。
现在，
你完整无瑕，
是人类行动的化身，
是重复的奇迹，
是生命的意志。

哦，属于每一张嘴的面包啊，
我们并不会
苦苦哀求你，
人类不是跪倒在
懒散的神明
或黑暗天使膝下的
乞丐：
我们将从海洋与土地中
做出自己的面包，
我们将在大地和所有行星上
都种上麦子，
每一天
每个人
每张嘴里都有面包可吃
是因为我们曾经
播种，制造
不只是为一人揉出面包，
而是为所有人，
面包，喂养了
所有人民的面包啊，
无论是什么形状或口味，
在其中，我们分享着
土地，
美，

爱，
那一切都有面包的滋味，
面包的形状，
面团的胚子，
一切事物
诞生于世上
都是为了得以共享，
为了被给予，
为了量产繁殖。

因此，面包，
如果你从人们的房屋中
溜走，
如果有人把你藏起来，
有人禁止你出现，
如果贪婪者
不断糟践你，
如果富裕者
妄图囤积独享你，
如果麦子
不再寻觅犁沟与土壤，
面包啊，
我们拒绝祷告，
面包啊，

我们拒绝乞讨，
我们将与其他人一起
与所有饥饿的人一起
为了你而抗争到底，
我们将去每一条河流
每一口空气中找寻你，
我们将划分整片大地
让你生根发芽，
大地也会与我们
一同前进：
水，火焰，人类
全与我们并肩作战
我们将以麦穗加冕，
征服土地，为所有人
夺取面包，
从此，
就连生活
也是面包的形状，
简单而深邃，
纯粹而无穷尽。
每个人都有权利
拥有一份大地，一份生命，
一如一只清晨的面包，
属于每一张嘴的面包啊，

如此神圣，庄重，
不可侵犯，
因为它就是
人类最漫长、最艰难的
斗争的产物。

世上的胜利女神
并不拥有翅膀：
她只在肩上扛着面包，
勇敢地飞翔，
解放着大地
就像一位面包师
奔走于风中。

伴侣颂

1

女王，看着你
小小的足迹如何
标记我的道路
是多么美好
看着你的双眼
缠进我注视的一切
是多么美好
看你的脸颊
每日醒来
沉浸在
每一夜
相同的幽影碎片中
是多么美好。
多么美好，
看时间流逝
如海水撞击
你的双乳与我的胸膛
你的双足与我的双手
构成的孤独船首。

时间的波浪
从你轮廓上漫过，
它们也鞭笞我
点燃我，
这波浪如寒意
暴怒的撕咬
这波浪如麦穗上
满结的谷粒。
可我们在一起，
共同抵御
记忆中留存的
或许是
黑色或红色的
泡沫，
如同嘴唇或翅膀一般
翕动的伤口。
我们在阵风下
破碎的小提琴声中
面朝敌对的神，
一同走过大街，
走过岛屿，
就你和我一起：
一个男人与一个女人。

2

那些人

尚未察觉到

世上的每一日

如何坠落到

这艘船的双层伪装上，

那不是盐巴，而是时间，

不是阴影，而是幸福

赤裸的足迹，

他们怎么能

闭上双眼，闭上

孤独的双眼，

沉沉睡去？

我不喜欢

没有屋顶的房子

没有玻璃的窗。

我不喜欢

没有劳作的白日，

没有梦的夜晚。

我也不喜欢

没有女人的男人，

没有男人的女人。

男人啊，女人啊，
去完整你自己吧，
愿什么都不能吓倒你。
现在，
他们就在某处
等待你。
起来吧：
光在钟声中颤抖，
罂粟破土，
你必须生活，
以泥土与光
揉出你的生活。

如果雪正好
落上两颗头颅，
那么房屋中
温热的心
就甜蜜起来。
否则在旷野中，
风会问询你：
你所爱的女人
在哪里？
它会推你，啃咬你

逼你去找寻她。
一个女人只是半个，
一个男人只是半个，
他们各自居住在半个房子里，
睡在半张床上。

我渴望
生活变得完整
点燃亲吻
在此刻终止它的沉寂。
我是一个不错的
说媒诗人。
为所有男人
我都准备了新娘。
每一天，都有
单身女孩
向我打听你。
如果你愿意，
我将为你证婚，
让你与海岛上
塞壬女王的姐妹结婚。
不幸的是，你并不能
与女王结成连理，
因为她在等我。
她会与我结为伴侣。

往日颂

今天，在交谈中
从母亲那里
流出了
往日，
我的往日。
那些
邋遢的
小东西，
空空如也的
片段，
漆黑的粉末，
尘埃
已得到赦免。
你温柔地
弯下身子
垂向自己，
笑了出来，
高兴起来，
可每当
事关另一个人

事关你的朋友，
事关敌人，
你忽然
变得无情，
皱起眉头：
那个家伙都做了什么！
那个女人都做了什么！
你捂住
口鼻
很显然
别人的往日
让你很是不快。
我们总是
满怀眷恋地
重温我们
最糟糕的日子，
小心翼翼地
打开箱子，
高举英勇壮业，
好得到
别人的赞美。
让我们遗忘其他。
这只是糟糕的记忆。
请你听好，

请你记住：
时间
被分割成
两条河流：
一条
掉头向后，吞没
你活过的经历，
另一条，伴随你
一路向前，
不断发现
你的生命。
只在短短一瞬
它们汇拢。
就是现在。
这就是那一刻，
这席卷往日的
须臾一滴。
就是此时此刻。
它就在你手里。
迅疾，打着滑，
如瀑布坠落。
而你就是它的主人。
你以爱，以坚决，
以石头，以翅膀，

以洪亮的正直，
以纯洁的粮食，
以你胸膛里
最明快的金属
建造它，
你行走在
正午时分，
毫不恐惧
善，真理与正义。
歌唱的伙伴们啊，
流逝的时间
会有六弦琴的
模样与声响，
每每你想
倾身向往日，
时光清澈的
泉水
会唱着歌
揭开你的全部。
时间就是喜悦。

懒惰颂

昨天，我发觉颂歌
没有从地里爬起来。
是时候了，至少
也该露一片绿叶了吧。
我抓挠着土地：
“爬呀，
颂歌姊妹，”
我向它说道，
“四叶的颂歌，
四只手的颂歌，
你已经答应我
不再害怕我，
我不会折磨你，
你会和我
一起品茶，
快爬呀，
我会在颂诗中
为你加冕，
我们还可以
一起骑着车

去海边。”
可这无济于事。

然后，
懒惰
赤裸裸地
出现在松树高处，
弄得我也头晕眼花
昏昏欲睡，
它在沙土中找到我
海洋物质的
小碎片，
木头，海藻，石头，
以及海鸟的羽毛。
我到处找黄玛瑙
却一无所获。
海洋
填充了宇宙
瓦解了塔楼，
入侵到
我祖国的海岸线，
推动了
接二连三的泡沫巨灾。
一只花环

独自在沙中
劈开闪电。
我看到银海燕如何穿行
鸬鹚如一个个黑色十字架
被钉上岩石。
我放生了一只
在蛛网上垂死挣扎的蜜蜂，
把一颗小卵石
藏进口袋里，
它很柔软，如此的柔软
像一只小鸟的胸脯，
而此时海岸边
太阳与雾
斗争了一整个下午。
有时，
光线浸润在雾中，
如一枚黄玉，
有时，
湿太阳的光线
照射下来，
滴落点点黄珠滴。

夜里
我思考着

我那支逃逸的颂歌
应尽的义务，
在火堆边，
脱下鞋
倒出里头的沙子，
没一会儿，
就呼呼睡着了。

贫穷颂

我出生时，
贫穷，
你就跟着我，
在隆冬时节
透过腐烂的桌板
注视我。
突然间
是你的双眼
从孔隙中看着。
夜晚
滴答漏雨
在不断重复着
你的名姓
有时候
破烂的盐罐子
穿坏的衣服
开口的鞋
也都提醒着我。
你的蠹虫的牙齿，
你深沼的双眼

你啃坏衣服、
木头、骨骼与血液的
灰舌头
都在那里
暗中窥探我，
自我出生起
你就在街上
寻找我，
跟踪我。

当我在郊区
租下一间小屋
你就坐在椅子上，
在那儿等我，
或是掀开少年时代
一家幽暗旅店的床单，
我也找不到
裸玫瑰的幽香，
只听到你嘴里吐出
冰冷的嘶嘶声。
贫穷，
你跟着我
走过军营与医院，
穿过战争也穿过和平。

生病时有人

敲门：

可进来的不是医生，

还是贫穷。

我看着你

把我的家具扔到大街上：

人们

像丢石头一样丢弃它们。

而你，以可怖的爱

在大街上，在雨水里

从大堆废物中

一点点造出一把

掉了牙的宝座

注视那些穷困者，

你捡起

我最后一枚盘子

把它制成了冠冕。

而现在，

贫穷，

我要跟随你。

你严酷无情，

我也如你一般。

在每个穷人

身边，

你都会发现
有我在歌唱，
在糟糕医院的
每条被单下，
你都会发现我的歌。
贫穷，
我要跟随你，
把守你，
围困你，
隔绝你，
对你扣动扳机，
拔掉你的指甲，
我要打碎你
仅剩的牙齿。
所有角落里
都有我：
海上，我与渔民一道，
矿井下，
那些擦拭前额，
擦干乌黑汗珠的人
也会发现
我的诗歌。
我每天
和纺织工同进同出。

我在面包房里揉制面包，
双手染成白色。
贫穷，
无论你去到哪儿，
我的歌声
就在那儿响起，
我的生命
就会在那儿存在，
我的血液
就会在那儿抗争。
哪儿升起
你苍白的旗帜
我就如数推倒。
另一些诗人
从前尊你为圣，
他们崇拜你的披风，
以烟气为食
又消失无踪。
而我
我要挑战你，
用坚硬的诗行痛击你的脸庞，
把你装上船，远远流放。
我和其他人
许许多多的其他人一起

把你驱逐出地球

一直把你赶到月亮上

让你就在那儿

被冷冷地囚禁，

只剩一只眼睛

远眺明天

覆盖大地的

面包与葡萄。

诗歌颂

将近半个世纪里
诗歌啊，
我与你一路同行。
最开始
你缠住了我的双腿，
于是我一跤摔趴下
摔到黑暗的大地上，
或把我的眼睛埋进池塘里
只为看到星星。
然后，你用两条
情人的臂膀
紧紧拥住我，
然后爬进了
我的血液中，
如同一条藤蔓。
后来，
你变成了一只酒杯。

多美啊！
不断倾倒你，而不消耗你，

不断捧出你用之不竭的水流，
不断看见一滴水
落在燃烧的心脏上，
然后又从灰烬中重生。
不过，
对我来说，这都还不够。
和你同行这么久，
我已经对你失去尊重。
我不再把你看作一位
仙雾缭绕的
水中宁芙女神，
我要你去当洗衣妇，
我要你去面包店卖面包，
去和最朴素的纺织女工一道织布，
去冶金行锻造生铁。
你跟着我
走遍了全世界，
可你已不再是
我童年的一尊
精美的雕塑。
如今，你用钢铁般的声音
讲话。
你的双手
像石头一样坚硬。

你的心
是汹涌的
钟声之泉。
你双手满满地
烤制面包，
帮助我
不再一跤摔趴下，
你为我招来
无数同伴，
不只是一个女人，
不只是一个男人，
而是千百万的人。
诗歌啊，我们共同
参与了战斗，罢工
去游行，去港口，
去矿场上，
当你的前额被煤灰弄脏，
或是戴上了锯木厂
锯末芬芳的冠冕，
我不禁哈哈大笑。
我们不再睡在大街上。
工人们成群结队
穿着新浆洗的衬衫，举着红旗
在等待你我。

诗歌啊，
过去你腼腆得不可救药，
现在却领头走在最前，
所有人都见惯了你
每夜星辰缝制的衣裳，
尽管有闪电曾透露了
你的出身，
你仍完成了你的使命，
你的步伐混在所有人的步伐中。
我要求你变得
讲究实效，可堪行动，
像金属，像面粉，
我要你准备好变成犁耙，
变成工具，
面包与酒，
诗歌啊，我还要你准备好
参与肉搏战，
准备流血，准备倒下。

诗歌啊，
如今我要感谢你，
你是我的妻子，
姐妹，母亲，爱人，

我要感谢，你是大海的波浪，
橙花与旗帜，
音乐的发动机，
长长的金花瓣，
海底的钟声，
取之不尽的谷仓，
我要感谢，你是承载我
每一天的大地，
天空中的水蒸气，以及
我这些年月的鲜血，
因为是你陪伴我
一路从空气最稀薄的高地
到穷人简朴的桌边，
因为是你把铁与寒冷的滋味
放进了我的灵魂里，
因为是你把我拔高到了
平凡者的高贵地位上，
诗歌啊，
因为和你在一起，
当我不断地消耗自己，
你却仍旧保持你坚决的清新，
你水晶般清澈的热情，
好像时间一点点将我化入大地，
让我歌声的激流
永恒地流淌下去。

人民诗人颂

大地上自然生长的诗人
藏身于犁沟之中，
在角角落落歌唱，
哦，你们是小巷子里的盲者，
游迹于草原与小店的吟游诗人，
如果我们能
理解水的言说，
或许它会像你们一样说话，
如果石头能
呻吟或沉默，
兄弟姐妹们，
它也会用你们的嗓音
开口。
你们如根茎，
数量众多。
你们从人民
古老的心里
长出来，
也是从那儿，
传出了你们朴素的声音。

你们出身的阶级
是丢在墙角
无声息的泥瓮，
可当它满溢，
忽然就会歌唱起来，
歌声也是朴素的，
只是大地与水的声响。

因此，我希望
我的诗也能这样歌唱起来
我的诗
能向全世界捧出
大地与水，
丰沃与歌声。
因此，
我的人民诗人啊，
我欢迎
从地底钻出的
古老的光。
那条将人民
与诗歌
联结起来的
永恒的线
永不会被剪断，

它深邃
由石头编织而成
诞生自极远处，
如同人类的记忆。
以那些诗人的
盲眼
能看见
一个喧闹春天的
诞生，
人类社会的出现，
第一个吻的降临，
在战争中，他们
就在鲜血中歌唱，
我的兄弟就在那儿，
须发赤红，头破血流
睁着一双盲眼睛
弹着他的里拉琴，
他就在尸骨堆里
歌唱不停，
人们喊他荷马，
也喊他巴斯托尔·佩雷斯
或是雷纳尔多·多诺索。
他的挽歌曾在
那里响起：

一对纯净的翅翼，
一只鸽子，
和平，橄榄枝
以及美的永续。
可是后来，大街
将这些通通吞没，
我发现他们在牛羊中
在原野上
在挑战大会的庆功礼上
歌唱，
唱出穷人的痛苦
带来洪水的讯号，
详述火灾的废墟，
以及令人齿寒的
谋杀之夜。

他们这些
人民的流浪诗人啊，
他们是穷苦人里的穷苦人，
可在歌声里
他们保卫了
微笑，
讥讽地批评了
剥削者，

唱出了矿工的不幸，
以及士兵严酷的宿命。
他们这些
人民诗人啊，
弹着破吉他
洞察世事的双眼
观照着生命，
在歌声里，
保卫了一朵玫瑰
然后走街串巷
把这朵玫瑰带向四方，
让人们知道
生命
不止悲苦。
这些民间歌唱者
这些谦逊而骄傲的诗人
穿过了历史与灾难，
穿过了战争与和平
穿过了日与夜，
你们才是诗歌的
保管者、编织者，
现如今，在我的祖国
真正的财富正在于此，
是卡斯蒂利亚的水晶，

是智利的孤独，
是狡黠的天真，
是反抗不幸的吉他琴，
是路上团结的手，
是歌声中一再反复的词语，
是根茎中
石头与水的声音，
是风的叙事诗，
是无须书籍传递的声音，
是我们骄傲者
理应牢记的一切：
以人民的真理，
歌声永恒。

春日颂

可怖的
春日，
这疯狂的
玫瑰，
你将抵达，
不动声色地
抵达，
连一次翅膀的颤抖，
一个茉莉的
雾水之吻
几乎都没有，
只有帽子
知道，
马匹，
风
带来一封
绿色的信，
群树阅读着，
叶子也开始
用一只眼睛

观察，

再次看向这世界，

满心欢喜，

一切皆已

准备就绪，

那古老的，至高的太阳，

那倾诉的水，

一切都准备好了，

就这样

枝叶的裙摆

款款而出，

小小的翡翠，

疯癫的春日啊，

挣脱枷锁的光，

绿的马，

一切

都在繁殖，

一切

都摸索着

寻找

一种能自我复制的

原料，

胚芽挪动着

神圣的，小小的脚，

男人
捆扎
他情人的爱，
大地盛满了
新鲜，
盛满粉末般
坠落纷纷的花瓣，
刚粉刷一新的大地
闪闪发光，
在伤口中
流淌出芬芳，
石竹花嘴唇的吻，
玫瑰绯红的潮水。
一切都成了！
现在，
春日啊，
告诉我你为何劳作，
又为谁劳作。
告诉我洞穴里的
遗落者
是否受你拜访，
那办公室里
可怜的律师
是否看见你的花瓣

盛放在肮脏的地毯上，
而我祖国
矿洞里的矿工
是否只了解
煤炭的黑色春天
或是有毒的
硫黄之风！

春日啊，
女孩儿，
我等待你！
拿上这把扫帚，清扫
这个世界。
用这块破布
清理
边界，
吹拂
人们的屋顶，
刨出
积攒的
黄金
分发
隐藏的
财产，

当人类
从悲惨
尘土
碎布头
债务
与疼痛中
解放出来，
当你
带上你那双变幻万千的
仙女之手
和人民的手，
当大地上
火焰与爱
触碰了你
珍珠母的
舞者的双脚
也请你帮帮我，
你啊，春日啊，
当你
进入所有
人类的房屋，
我会毫无罪章地
爱上你，
杂乱的大丽花，

疯癫的金合欢，
心爱的你啊，
和你一起，和你的香气一起，
和你的丰足，安详地在一起
和你赤裸的
燃烧的雪，
和你奔涌最汹的泉水一起
也绝不剥夺
其他人的幸福，
和白昼蜜蜂献出的
玄妙之蜜一起，
而黑人不必
与白人隔绝开生活，
哦，没有穷人
没有贫穷的
夜之春日啊，
芬芳的
春日啊，
你将抵达，
抵达，
我看见你
一路走来：
这就是我家，
请进，

你耽搁了一会儿，
时候已到，
盛放是多么奇妙，
这是多么
美好的工作：
你是一个
如此积极的工人，
春日啊，
是纺织女工，
农妇，
挤奶女工，
繁多的蜜蜂，
透明的
机器，
蝉的磨坊，
请进到
每一栋屋子里，
请进，
我们共同劳作，
在未来，
在纯净的
群花盛放的丰盈里。

深夜手表颂

深夜，我的手表
在你手上
闪烁如萤火。
我听见
它的发条声：
如同一声单调的呢喃，
从你隐形的手上
传出来。
彼时，你的手
又一次抚上我幽黑的胸膛
采摘我的梦，
与胸膛下的心跳。

这只手表
继续用它小小的锯子
切割着时间。
就像在一片森林里，
掉下了几片木屑，
几滴水，几段枝丫
或是几个鸟巢，

仍然是万籁俱寂，
仍然是一片清凉的黑暗，
在你隐形的手上，
这只手表就这样
继续切割
时间，时间，
而分分秒秒坠落
如叶子，
如破碎时间的纤维，
如细小的黑色羽毛。
如同在森林里
我们嗅到根茎的气味，
在某处渗出了
一大颗水珠
如淋湿的葡萄。
一个小小的磨坊
磨碎了夜晚，
暗影呢喃着
从你的手上滑落，
将整片大地填满。
尘埃，
土地，距离，
在夜里，我的手表
就在你手上

磨呀，磨呀，磨碎这一切。

我伸出
手臂
垫在你隐形的脖颈后，
放在那温热的重量下，
而时间
就坠落在我手里，
深夜，
那细小的响动
来自木头与森林，
来自被切开的夜，
来自影的碎片，
来自不停滴落的水：
从手表上，
从你熟睡的双手，
梦境也随之坠落，
坠落如树林中
黑暗的水，
从手表
流进你的身体，
从你流向更多广阔的疆土，
这黑暗的水啊，
坠落的时间

奔流不息，
就在我们中间。

那一夜就是如此，
幽影与空间，大地
与时间，
有什么东西不停涌动，坠落，
流逝。
而所有的夜晚也是如此
从大地上流过，
只留下一阵似有若无的
黑色的香气，
一片叶子，
一滴水
坠落地上
悄无声息，
森林睡着了，河流睡着了，
草原，
钟声，
眼睛。

我听见了，你在呼吸，
亲爱的：
让我们也入睡吧。

里约热内卢颂

里约热内卢，水
是你的旗帜，
摇晃着你的色彩，
轻轻拂来，在风中回响，
城市啊，
黑色的宁芙女神，
你的质地
是无尽的明亮，
沸腾的暗影，
泡沫中的石头，
你的海吊床
美丽地摇摆，
你多沙的双脚
移动时的蓝，
你的双眼
是燃烧的枝丫。
里约啊，里约热内卢，
巨人
在你的雕塑上
喷撒颗颗胡椒，

在你的嘴里
留下
海洋的背脊，
不安的温凉的鳍，
肥沃的海角，
水的乳头，
花岗石的山坡，
金子的嘴唇，
在碎石堆中
大海的太阳
照耀着
撞碎的泡沫。

哦，这美丽，
哦，这皮肤磷光闪闪的
堡垒，
这果肉碧蓝的
石榴，
哦，在缀满黑玛瑙的
连绵海浪中
身绘纹饰的女神
从你赤裸的雕像上，
飘散出被汗水

打湿的

茉莉的香味，

咖啡园与果园的

酸涩的夜露，

渐渐地，在你的冠冕之下，

在你双乳

双倍的奇迹中，

在你大自然的

一座座穹顶之下，

不幸露出了牙齿，

人类苦难的

癌的长尾

冒了出来，

在麻风病的小丘上

是生命

无情的枝串，

可怖的萤火虫，

从血液里

挖出的

绿宝石，

你的村落

向丛林边缘延伸，

还有压抑的响动，

脚步声，低低的嗓音，

饥饿者的迁徙，
沾染血迹的
深色的足，
你的村落
在河流更遥远的那边，
在茂密的
亚马孙河流域，
被遗忘
在北方，
荆棘丛生，
被遗忘
在高原，
干旱缺水，
被遗忘
在港口，
被高烧
咬噬，
被遗忘
在被驱逐出的
家门口，
只向你索要着
一次垂眼，
然后被遗忘。

在别的土地上，
别的王国，国家，
岛屿，
首都，
受冕的城市里，
都是人类劳作的
蜂房，
是不幸
与巧运的展示，
是困乏君主制的肝脏，
是苍白共和国的厨房。
而你是阴森深夜里
格外刺眼的
橱窗柜，
是满是海水的
咽喉
是污秽肉体的
黄金，
你是
空空的房屋里
一扇谵妄的门，
你是
古老的罪章，
是在你民族

长久疼痛的火盆里
毫发未损的
残酷火神，
你是
索多玛，
是的，
你就是炫目的
索多玛，
阴郁的深处
是绿色丝绒，
被卷曲的黑暗，
无限的水系包围，
你就沉睡在
一个野蛮星球
未知春天的
臂弯里。
里约，里约热内卢，
有些事情
我必须告诉你。
那些不曾被我遗忘的
名字，
酿熟了香气的
爱，
以及与你的种种约定，

当一道波浪
把温柔
从你的民族
加到你的冠冕之上，
当那不属于大海
也不属于天空的
人类的星辰
爬上你水的旗帜，
当在你光环的
辉彩中
我看到黑人，白人
看到你土地与血液中的
孩子
被拔擢至
你辉煌美丽的显要之处，
在你灿烂的光辉中皆为平等，
有产者
谦恭和煦，自豪于
宇宙与欢乐，
那么，里约热内卢啊，
当有一天
你为你所有的子民
而并非他们中的一些
露出微笑，给出你

黝黑的水中女神的

泡沫，

那么，

我就会成为你的诗人，

我会带上我的里拉琴

来你的香气中歌唱，

在你白金的丝带中，

在你无与伦比的

沙土中安眠，

在折扇般蔚蓝的

清新里，

你会在我的梦中

打开，像一只

巨大的海蝴蝶

展开双翅。

质朴颂

质朴啊，问问你
你是否总陪在我左右？
还是我重又看见你
坐在我的椅子上？
现在，
他们不愿意让我
和你一起，
对我侧目而视，
追问着
那个红头发的
到底是谁。
我们相遇
相知，
可世界却满是
居心叵测的
笨蛋，
吃饱喝足的
果子的孩子，
满是字眼，
就像字典，

四处空空如风
像一副想在我们身上
要把戏的花花肠子
而在那么多次
旅行以后
如今我们
终于抵达
在诗歌里
荒腔走板。
质朴啊，我们的经历
是多么可怕：
他们不愿意在客厅里
接待我们，
咖啡馆里满是
无比精致的
恋童癖者，
你和我面面相觑，
他们并不喜欢我们。
那么，
我们就到沙土中去，
到森林里去，
夜间
黑暗是崭新的，
刚洗净的星星

燃烧着，天空
是一片三叶草的旷野
肿胀，暴烈
流淌着
幽暗的血。
早晨
我们就前往
面包店，
面包温热，如一个怀抱
世界
闻起来就像是
这个刚刚出炉的鲜面包。
罗梅罗，鲁伊斯，内梅西奥，
罗哈斯，马努埃尔·安东尼奥，
是面包师。
面包和面包师
是何其相似啊，
早上的大地
是如此朴素，
而天色愈晚，
就愈是简单，
到了夜里，
就变成透明。
因此

我在草叶中
寻找着名字。
你叫什么名字?
我问
一株花冠
它忽然燃烧如闪电
倒在土地上
一片贫瘠的石头之间。
质朴啊，我们就这样
看着叶子的美丽，
和那些天生不凡的
男男女女交谈，
认识了深藏的事物，
其他金属
秘密的价值，
在所有人之中
在万物之中
质朴啊，
你爱上了我。
我与你一起，
把自己交付给
你清澈的激流。
而他们会
抗议:

那个和诗人
走在一起的
究竟是谁？
我们当然
不想和那个乡下姑娘
有什么相干。
但如果她是空气，
是我赖以呼吸的天空。
我并不认识她，
也记不起她。
如果之前
人们看见我
同神秘的姘头一道，
那也不过是昏聩的
差错。
现在，
我的挚爱啊，
你是水，
是温柔，
是闪烁的光
或透明的影，
质朴啊，
你和我一起
帮助我诞生，

再一次
教会我歌唱，
歌唱真理，美德，泉水，
歌唱水晶般清澈的胜利。

孤独颂

哦，孤独，一个美丽的
字眼，野草
从你的音节中萌芽！
不过你也只是个
苍白的字眼，虚假的
黄金，
背叛的货币！
我以文学的字句
形容孤独，
给它戴上
书本中取下的领带，
穿上梦的衬衣，
不过，
只有只身一人时
我才能了解它。
我从未见过
像那样的野兽：
它像一只
多毛蜘蛛
也像粪坑里的

苍蝇，
而在它的骆驼蹄子上
有水蛇的吸盘，
还有地下室的恶臭，
几个世纪以来，
海豹和老鼠棕褐色的兽皮
就在那儿慢慢腐烂。
孤独，我不要你
用书本的嘴巴
继续撒谎。
阴沉的年轻诗人就这样
来到这里，为了引诱
瞌睡的小姐
寻找黑色的大理石，为你
竖立起一尊
将在婚礼的清晨被遗忘的
小雕像。
但是，
在孩子初生的微光中
我们会找到它，
我们把它认作是
来自群岛的黑皮肤女神
我们与她的躯干嬉戏，向她祭献
童年纯净的崇敬。

创造的孤独
并不真实。
地底的种子
也不是独自存在。
大量胚胎举办着
生命深刻的演奏会
而水不过是
沉潜的隐形合唱团
透明的母亲。

大地的孤独
即沙漠。而人的孤独
就和它一样贫瘠。
整片大地把
相同的时辰与日夜
裹挟在
它的大披风下，
可沙漠里却一无所有。
孤独不接纳种子。

海洋中的船只
它的美丽也并不孤独：
它鸽子般的羽翼掠过水面
那就是火与炼炉奇妙相遇的

造物，
也是星星与水手，
臂膀与聚拢的旗帜，
共同的爱与命运
相伴的造物。

音乐
总试图传达
小礼拜堂合唱的坚决
写作也不只是
凭一人之力
而是由一系掷地有声的
祖先完成。

而这个词
我就把它留在这儿的悬空枝丫上，
这支歌
并不是要寻找任何孤独，而是
想找到你的嘴唇
将孤独一再重读
我身边的空气
以及在我之前生存过的生命
将它一同谱写，
而你，阅读我的颂歌

对抗自己的孤独的你
你也引导了这支歌
就这样，也是你亲手将它谱写，
你不必认识我，
也能用我的双手将它谱写。

第三天颂

你是礼拜一，是礼拜四，
你即将抵达，或已经过去。
缠在自己绯红
网中的八月
忽然将你举起，
或是六月，
六月，
我们最始料不及时
一片带着火焰的
花瓣
从寒冷的一周里
冒出头，
一尾红鱼，
像一阵寒颤般游过，
忽然
冬天来到，
花朵们
开始梳妆打扮，
开始饱食月亮，
开始上街游走，

开始卷入
风中，
这是一个
平常的日子，
带着墙壁的色彩，
可是
什么东西爬上了
分钟之巅，军旗
或荒野之盐，
蜜蜂的金黄爬上了旗帜，
猩红的蜜催鼓着风，
这是一个无名的日子，
可它有金的爪
在星期中行走，
花粉沾上
它的胡须，
天空的泥浆
在它眼中漫延，
我们欢乐地
起舞，
我们歌唱，追随着
樱桃的花朵，
我们多情地
举起酒杯，

向逼近的时刻，
向这流逝的
诞生的
或已发酵的
一分钟
祝酒。
这一日的女神啊，
是无意识的
罂粟，
是荒唐疯癫的玫瑰，
是骤然的春天，
是周四，
是藏在衣服里的
闪电，
我爱你，
我是
你的未婚夫。
擦肩而过的
行旅人啊，我明白：
我们应当
互相道别，
可那光辉的
一滴，
幻想太阳的

一颗葡萄
都进入了每一天
失明的血液里，
而我们会存住
这火与美馔
鲜红的闪烁
我们会存住
这哗变的一天，
它燃烧着
在尘灰与时间之中
以火焰
令人永世难忘。

时间颂

在你身上，
是年岁渐长，
在我身上，
是年岁流逝。
时间果敢，坚决
它并不将钟敲响，
只是在我们身体里
积累，流淌
然后像一方深潭
出现在眼神中
在你双眼那
灼烧的褐栗边上
进了一点小东西
是最微小河流的
痕迹，
是干涸的小星辰
一直爬上你的嘴唇。
时间把它的线头
缠上你的发梢，
然而在我心中

你芳香如一朵忍冬
鲜活如热火。
像我们这样活着
生活着，慢慢衰老
便是美丽。
每一天
都是透明的石头，
每一夜
对我们而言
都是黑玫瑰，
而你我脸上的这道沟壑
是石头，是花朵，
是一道闪电的记忆。
我的双眼已经
在你的美丽中渐渐磨损，
但你就是我的眼睛。
或许你的双乳已经
在我的吻下
感到疲倦，
但所有人都已在我的喜悦中看见
你秘密的光。
亲爱的，时间又有什么紧要，
就是它提起了
我的身体，你的甜蜜

像两朵火焰
或两支并行的谷穗升起，
明天，它会让那火不熄，
或是剥开谷粒
然后用自己无形的手指
擦除将我们分隔的身份
赐予我们大地之下
最后孤独生存的胜利。

大地颂

我不是要歌唱
铺张的大地，
这满溢的
根茎的母亲，
挥霍无度者，
枝串丰美，鸟儿稠密，
满是泥潭与泉眼，
它是鳄鱼的祖国，
是胸脯宽广的苏丹娜
戴着尖立的冠冕，
我明日将要歌唱的
不是枝叶中
老虎的降生地，
也不是
受孕而沉甸甸的耕地，
其上的种子如同
一个细小的巢穴。
不，我要赞颂的是
矿石的大地，安第斯的石头，
月球沙漠般

酷烈的疤痕，宽阔无垠的
硝石沙土，
我歌唱的是
铁，
刚从大地中
被挖掘出时
包裹着灰土与火药的
黄铜振奋的头颅与簇堆。
哦，大地啊，坚硬的母亲，
你把金属
深深地藏起，
我们抓挠着，
人类，
佩德罗，
罗德里戈斯或拉米雷斯
用火焰
再将它们变成
最初的光，液体的熔岩，
大地啊，
狂怒的金属，
只有严酷地对待你，
你才会被
我弟兄们小手里
迸溅的力量

变成电缆或蹄铁，
船只或火车，
学校的钢筋铁骨
和子弹的迅猛速度。
贫瘠的大地啊，
掌心中毫无记号的手，
我要歌颂你，
你并不给出颤音，
那河流的玫瑰歌唱着
干燥、坚硬而顽固，
它也并不滋养你，
仇敌的手，黑色的
星辰，
我要歌颂你，
是因为人类
将你分娩，用果实
填满你，寻找到你的子宫，
在你秘密的酒杯中，
挥洒特异的光，
荒漠的大地，
纯洁的线，
我献给你
我歌声中的文字，
因为你似乎已死去

一阵突然的爆破
又叫醒你，
一阵血烟的羽冠
昭示了分娩，
金属朝天空飞溅。
大地啊，我爱你，
在黏土与沙砾上爱，
我抬起你，塑造你，
一如你将我塑造，
你在我手指上滚动
一如我若破碎
将重回你宽广的子宫。
大地啊，忽然之间
我似乎能在你
所有的轮廓中触到你，
从多孔的勋章上，
从小小的耳罐里，
我的双手
游走过你的身体，
找到我挚爱的腰胯，
小小的乳房，
还有如同一颗柔和
温润燕麦的风，
大地啊，我搂紧你，

我在你身边安睡，
我的双臂，我的双唇
紧紧缠在你的腰肢上，
我与你一道入睡，
种下我最深邃的吻。

番茄颂

大街上
满是番茄，
夏日
正午，
光
分裂成
两瓣番茄，
番茄汁
就从街上
流过去。
十二月，
番茄
挣脱出来，
闯进了
厨房，
走进午餐中，
静静地坐在
碗橱里，
在瓶瓶罐罐中，
在黄油碟子

与蓝色盐罐中。
一只番茄
有属于自己的光，
一种温厚的肃穆。
可不幸的是，我们
必须杀了它：
刀子
深深插进
它鲜活的浆肉里，
那是血红的
肺腑，
是一颗新鲜的
太阳，
如此深邃，取之不尽，
它会装满
智利的沙拉盆，
快活地与明亮的洋葱
结成连理，
为庆祝这一刻，
橄榄的精华，
它的儿子，
油会淋下去，
淋在它对半切开的半球上，
胡椒

会增益它的香气，
盐会带来磁的引力：
这是白昼的
婚礼，
香芹菜
举起
一面面三角旗，
土豆
剧烈沸腾起来，
烤肉
用它的香气
拍打着大门，
时候到了！
开始吧！
桌上，在夏日的
腰肢上，
番茄，
这地上的星辰，
这随处可见的，
丰产的星辰，
向我们展示了
它的回环缠绕
它的流径，
它无与伦比的旺盛，

它的富足，

没有果核，

没有硬壳，

更没有鳞片或尖刺，

向我们献出了

它色彩热烈的

馈赠

以及它百分百的新鲜。

风暴颂

昨夜
暴怒的她
到来，
夜色般幽蓝
酒色般殷红，
暴风雨
带来
她水的长发，
冰冷火焰的眼睛，
昨夜她想
睡在大地上。
她骤然到来
刚从她狂怒的星辰
天空的洞穴中
挣脱出来，
她想睡去
便备下床，
席卷了森林，道路
席卷了群山，
清洗了海中礁石，

然后把松林
羽毛似的连根拔起
来铺自己的床褥。
她从自己火焰的口袋里
掏出闪电，
抛下雷鸣，
像扔下了巨桶。
忽然之间
万籁俱寂：
只一片树叶
飘在空中，
如一把飞行提琴，
所以
风暴啊，
在它落地之前，
你就把这一叶接在了手心，
你让所有风
吹响了它们的号角，
让一整个夜晚
策马狂奔，
让所有冰都呼啸，
让野树都泣诉
囚徒的灾苦，
让大地如母亲分娩

呻吟不停，

一息之间

你藏匿起

草叶或星星的谣言，

你撕破迟钝的沉默

如撕毁油画一幅，

你用乐队，愤怒与火

填充全世界，

忽然闪电如发

从你磷火的前额垂落，

又如利剑

从你战士的腰带上滑脱，

当我们以为

世界都要终结时，

大雨落下，

大雨落下，

只有

大雨落下，

整片大地，

整片天空，

都静息不动，

夜晚

流血不止，跌落进

人的梦境中，

只有大雨落下，
那是时间与天空的
水系：
除了一根枯枝
一个空巢，
没有别的落下。

你用
音乐的手指
地狱般的喧响
还有你夜火山的
火焰
戏耍着，抬起一片叶子
给河流以伟力，
教人类
成为人，
教虚弱者恐惧，
教甜蜜温柔者哭泣，
教窗子颤抖，
不过
当你准备
摧毁我们，当狂怒如匕首
从天而降，
当一切光影战栗，

当松林自我啃啮，

在黑暗的海边呼啸，

你啊，我的新娘

娇弱而愤怒的风暴啊，

没有伤害我们：

你回到了

你的星星上，

留下了雨水

碧绿的雨水

充斥着梦与胚芽的

雨水，

准备收获的

雨水，

清洗世界又擦干它

重又创世的雨水，

为我们而来的雨水，

也是为种子，

为逝者的遗忘

为我们明天的面包

而来的雨水，

你只留下了这些

水与音乐，

所以，

风暴啊，

我爱你，

请你信赖我，

回来

唤醒我，

照亮我，

告诉我你的道路

这样

一个人风雨如磐

坚决果敢的声音

得以加入你，

与你同唱一首歌。

外套颂

外套啊，每天清晨
你在一张椅子上等待着
被我的虚荣塞满，我的爱，
我的希望，我的身体。
我刚刚才从
睡梦中走出，
诀别了水
我伸进你的袖管中
我的双腿寻觅着
你双腿的空洞，
我就这样被你不倦的忠诚
拥入其中
出门，走过草地，
走进诗歌里，
看着窗外的一切，
那些事物，
那些男人，女人
那些行动，斗争，
不断地塑造着我，
不断地使我面对，

改造我的双手
打开我的双眼
耗损我的嘴巴，
就这样，
外套啊，
我也在不断地塑造着你，
撅出你手肘的模样，
扯开你的缝线，
如此一来，你的生命就会按照
我生命的形象生长起来。
你迎着风，
飘飘荡荡，簌簌作响
仿佛你就是我的灵魂，
在一些糟糕的时刻
你就黏着在
我空空的骨骼上，夜晚
黑暗与梦境
让你我的翅膀
布满它们的幽灵。
我问
是否某一天
敌人的一颗子弹
会在你身上
留下我的一片血污

你就因此
与我一同死去，
又或许
这一切都没那么
戏剧化
而是更简单明了，
外套啊，
你会渐渐与我的肉体
一同患病，
一同老去，
然后一同
埋进大地中。
因此，
每一天
我都充满敬意地
问候你，然后
你拥抱我，而我忘记你，
因为我们本就是一体
迎着风，在深夜，
在大街上或是在战斗中，
我们将始终拥有
同一副身体，
或许，或许，
或许会有那么一天
安然不动。

宁静颂

是广阔的
休憩，
是安宁的
水，
是明亮、晴朗的幽影，
应得的恩赐
自行动中现身
如同湖泊
从瀑布中泻下，
是一片恰如其分的
花瓣，
现在
我仰起头
看天空奔驰而过，
它深邃、碧蓝的身体
轻轻滑行，
带着它的鱼，它的岛屿
和那些河口
它究竟要去往何处？
向上

是天堂，
向下
是一朵干枯玫瑰的
流言，
微小的事物
沙沙作响，
昆虫如数字
爬过：
这就是大地，
根茎
在底下工作，
金属，
水系
穿过
我们的身体，
在我们体内萌芽。

它们一整天
在树下一动不动，
我们并不知道
所有树叶都会交谈
传递
其他树木的消息，
以及树木国度的故事，

树的故事，
一些树木还留存着
关于猎豹
在枝杈间
如坚硬的雾气般
穿梭时
隐秘形态的
回忆，
另一些记得
暴风雪
和风暴时节的
鹰栖架。
我们不该
只是让群树的
一张嘴开口说话，
而是让所有嘴都打开，
然后沉默，在一支
无尽之歌中沉默。
大地上，无一物喑哑：
闭上双眼，
我们会听见
事物轻轻滑过，
万物生长，
无形的木头

嘎吱作响，
然后，
全世界，
大地，天空的水，
空气，
一切都会发出声响，
有时
如同一道惊雷，
有时
更像遥远的河水流过。
宁静啊，是一分钟
或者一整天的休憩，
从你的深邃中，我们会炼出
金属，
从你缄默的外表下，
迸溅出洪亮的光，
这就是净化的行动，
就这样，人类会在不知不觉中
将大地的见解倾吐。

悲哀颂

悲哀，一只断了七条腿的
金龟子，
蛛网上的虫卵，
头破血流的老鼠，
母狗的骷髅，
禁止进入此地。
不要过来。
走吧，
撑着你的伞
回你的南方去，
张着你的一口蛇牙，
回你的北方去。
此地有诗人居住。
不可有悲哀
穿过这些大门。
能透过窗子进来的
是世界之风，
新鲜的红玫瑰，
绣着人民与胜利的旗帜。
而你不能。

禁止进入此地。

尽管拍打

你蝙蝠的双翼，

我要狠狠践踏

从你的大披风上

掉下来的羽毛，

我要把你一块块的尸体

扫到风的四角。

我要扭断你的脖子，

缝上你的眼睛，

为你裁你的裹尸布

然后把你啮齿动物的骸骨

埋进一棵苹果树的春天。

瓦尔帕莱索颂

瓦尔帕莱索，
你简直
胡话连篇，
你如此癫狂，
一个发了疯的港口，
头上隆起几座山丘，
头发蓬乱，
梳也梳不完，
你从没有
什么时间穿衣打扮，
生活总能
出其不意，
而死亡唤醒你，
撞上你穿着衬衫，
穿缀满彩流苏的
长衬裤，
有时也赤身裸体
腹部文有一个名字，
戴着宽檐帽，
地震捉住你，

你一阵疯跑，
弄断了指甲，
水，石头，
羊肠小径，
大海，
深夜，
一切都在晃动，
你就在地上
睡着了，
疲于你那些航行，
而狂怒的大地
掀起巨浪，
比海风更汹涌，
灰尘
覆盖你的双眼，
火焰
烧毁你的鞋子，
银行家的
坚固房子
像受伤的鲸鱼
抖个不停，
而在上头
穷人的屋子
跳进真空

好像被俘的鸟儿
尝试振翅，
却轰然倾塌。

可很快，
水手瓦尔帕莱索，
你就忘掉了
眼泪，
重又装饰起房屋，
大门刷成
绿色，
窗户刷黄，
你将一切
变为一艘船，
你就是一只
英雄小船
修修补补的船头，
暴风雨以泡沫
为你歌唱不停的纤绳
加冕，
大海之光
在你坚不可摧的晃动中
让你的衬衫与旗帜
飘扬。

你是远处
黑暗的
星辰，
在海岸高耸处
熠熠闪光
忽然
你交出自己
深藏的火，
你聋哑小巷的摇晃，
你一举一动的坦然，
你水手的敏锐。
瓦尔帕莱索，
这支颂歌
就停在这儿，
它是如此微小，
像一件无助的
旧汗衫
悬挂在你破损的窗子上，
在大海吹来的
风中
摇摆，
浸满了
你土地中

所有的痛，
接收了
海洋的露水，
得到了
广阔暴怒的大海
用尽全力
撞击你的石头
送上的吻，
那也无法
摧毁你，
因为在你南方的胸膛上，
文满了斗争，
希望，
团结
和欢乐
它们就像船锚
抵御了
大地的巨浪。

塞萨尔·巴列霍颂

巴列霍，
在歌声里，我记起了
你面容上的岩石
和干旱山脉中夹杂的
皱纹，
你巨大的
前额
支在一具脆弱的身体上，
刚刚解禁的双眼中，
有黑色的霞光，
那些粗鲁的，急骤的
高低不平的日子，
每时每刻都有
不同的酸涩
或是遥远的蜜意，
生活的钥匙
就在大街上
尘土四起的光线中
颤抖着，
你从地底，

一场徐缓的旅行中
归来，
而我在伤痕累累的
山脉高处，
拍打着门，
要墙壁
都打开，
要道路
全部铺展开，
我刚从瓦尔帕莱索抵达那儿
从马赛登船，
土地
被切割成
两颗新鲜的黄色半球
如一只柠檬芬芳四溢，
而你
你就在那里，
不受任何束缚，
以你的生命
以你的死亡，
以你满身的沙砾，
倒下，测量自己，
倒空自己，
在空气中，

在烟霭中，
在冬日
破碎的小巷中。

那是在巴黎，你寄居于
穷困潦倒者的破旅店。
西班牙
在大出血。
我们曾赶过去。
然后，你又一次
留下了，
留在烟尘中，
这样一来，当你离开时，
忽然之间，拥住你骨头的
不是多疤的土地，
不是安第斯山的岩石，
而是烟霭，
是巴黎冬天的寒霜。

我的兄弟啊，
从土地和天空，
从生存和死亡，
你被两度放逐，
从秘鲁被放逐，

从你的河流被放逐，
你缺席于
你自己的土壤。
活着时，你从未背弃我，
直到死亡来临。
在你的大地上，
我四处寻找你，
一滴一滴地，
一粒灰一粒灰地，
你的面颊，
总是泛着黄，
你的面颊，
崎岖而陡峭，
你满是古老的宝石，
满是破碎的瓦瓮，
我登上
旧日的台阶，
或许
你是迷路了，
缠进了金丝线之中，
或是悄无声息地
被绿松石覆盖，
又或许，
你就在你的村落中，

在你的族系里，

在铺开的玉米粒上，

在旗帜的种子里。

或许，或许如今

你会经历轮回，

你会归来，

来到旅程的终点，

这样的话，

某一天，

你会在你祖国的中心

看见那暴动的，

活生生的，

你水中的水，火中的火

和紫红石头迸射的闪电。

夏日颂

夏日啊，红色提琴
明朗的云
一把锯齿
或是一只蝉的
嗡鸣
先你而来，
天空如拱顶
如此光滑，熠熠闪光
如一只眼睛，
在它的注视下
夏日啊
是无尽天空的一尾鱼
是悦耳的鞘翅振动
慵懒的
昏睡，
蜜蜂的
小肚皮
顽劣的太阳，
可怕的、父亲一样的
太阳，

汗如雨下
像一头老黄牛，
干燥的太阳
挂在头上
就像出其不意的
一记重棍，
干渴的太阳
在沙尘中
游荡，
夏日啊，
是荒漠之海，
是开采硫黄的
矿工
满身赤黄的汗珠，
飞行员
一道道地驶过
天上的太阳，
在洛塔的
矿场上，
矿工擦了擦
炭黑的额头，
黑色的
汗水
从前额

滑落进眼睛，
播种的土地
滚烫如烧，
麦子
微微作响，
蓝色的
小昆虫
寻找着荫蔽，
轻触
清凉之所，
将小脑袋
沉入钻石中。

哦，苍翠繁茂的
夏日啊，
是一辆
满载熟苹果的
马车，
是绿叶上
草莓的嘴巴
是野李子的
双唇，
柔软的尘土
四处飞扬

在道路上，

正午，

是一面

红铜鼓，

午后，

热火静息，

空气

进入废弃厂房，

让三叶草

随之起舞，

新鲜的星辰

爬上阴沉的

天空，

夏日的夜晚啊，

并未燃起，

却又烧得噼啪作响。

生命颂

一整夜
痛苦用一把斧子
劈向我，
而梦境
如一股幽暗的水流淌
清洗了流血的石头。
今天，我再次活着。
生命，
我再次将你
抬到我的肩膀上。

哦，生命
清澈的酒杯，
忽然之间，
你就装满了
肮脏的水，
满是死亡的酒汁，
挣扎，迷失
与骇人的蛛网，
许多人相信

你会在这杯中
永存那地狱颜色。

可并非如此。

一个漫长之夜过去，
或是一分钟过去
一切便会改变。
生命之杯中
会装满
透明。
广阔的劳作
在等待我们。
一击之间，鸽子诞生。
大地上有了光。

生命啊，那些贫穷的
诗人
总以为你苦涩，
他们就不从床上起身
不与你出门同行，
不与世界之风同行。

他们也不去找寻你

就接受了那些击打，
他们钻出一个
黑漆漆的洞眼
就淹没进了
一口孤独之井的
哀悼之中。

可并非如此，生命啊
你是美丽的，
美如我所爱，
而在双乳之中，
你留存着
薄荷的香气。

生命啊，
你是一台
完备的机器，
是幸福，是风暴之声，
是精油般的温柔。

生命啊，
你就像一座葡萄园：
珍藏光也分发光，
将它变成饱满枝串。

那背弃你的人，
愿他再等等，等上一分钟
等上一夜，
等上或长或短的一年，
愿他从虚伪的孤独中
走出来，
愿他仔细看看，加入斗争，
愿他伸出手
牵住他人的手，
愿他不再顺从
更不去阿谀奉承
不幸的事物，
愿他能抗住这不幸，
像石匠雕刻石头一般
赋予其墙壁的形状，
愿他能裁剪开不幸，
把它做成
一条裤子。
生命等待着我们，
它等待着我们所有
热爱双乳之间
大海与薄荷
野生气息的人。

美酒颂

白昼色的美酒，

黑夜色的美酒，

满是紫红葡萄沉淀，

或流淌着黄玉之血的

美酒，

大地

星辰般的孩子，

美酒啊，顺滑得

如一柄黄金剑，

轻软得

如一块褶皱的天鹅绒，

螺旋状回旋

微滞的美酒，

你博爱，

如海，

从未被装进某一只

酒杯，

被收入某一支歌，

只供某一人独享，

你是大合唱

热闹合群，

有时候，

你也是二人的

相互对唱。

有时

你以必朽的记忆

滋养自己，

冰冷墓穴的石匠啊，

在你的波浪上，

我们从一座坟墓

走向另一座，

流下

转瞬即逝的泪水，

但

你美丽的

春装

是如此不同，

心爬上了枝头，

风拂动了白日，

而在你静止的灵魂中，

没有什么东西停留。

美酒

搅动了春日，

快乐如植物

一样生长，
墙壁倒塌，
巨石陨落，
深渊闭合，
歌声升起。
哦，你啊，
装满美酒的瓦瓮，
你与我挚爱的甘美
出现在荒漠中，
一位老诗人如此吟诵。
愿这壶酒将它的吻
汇入爱之吻。

心爱的你啊，忽然之间
你的腰胯
就变成酒杯
盈满的曲线，
你的胸脯是枝串，
你的长发是美酒之光，
你的乳头是葡萄粒，
你的肚脐是纯净的封蜡
封住你酒瓮的肚皮，
而你的爱
是不可遏制的
酒的瀑布，

是落在我感官上的明亮，
是生命中尘世的辉煌。

生命之酒啊，
你也不仅仅是爱，
不仅仅是燃烧的吻，
或烧热的心，
你也是
人类的友谊，是透明体
是训练有素的合唱，
是群花的盛放。
当人们围桌交谈时，
我爱智慧之酒
瓶身上迸溅的光。
愿他们喝下美酒，
在每一滴金子，
每一杯黄玉
每一勺紫色中
记住秋天的劳作
让瓦罐中都盛满了美酒
愿那些晦暗无名者
在他们买卖的仪式上，
学着纪念土地与它的职责，
学着传播果实的颂歌。

图书在版编目（C I P）数据

元素颂 /（智）巴勃罗·聂鲁达著 ; 刘博宁译. --
海口 : 南海出版公司, 2022.8
ISBN 978-7-5735-0176-9

Ⅰ. ①元… Ⅱ. ①巴… ②刘… Ⅲ. ①诗集-智利-现代 Ⅳ. ①I784.25

中国版本图书馆CIP数据核字(2022)第036382号

著作权合同登记号 图字: 30-2019-151

元素颂
〔智利〕巴勃罗·聂鲁达 著
刘博宁 译

出　　版　南海出版公司　(0898)66568511
　　　　　海口市海秀中路51号星华大厦五楼　邮编 570206
发　　行　新经典发行有限公司
　　　　　电话(010)68423599　邮箱 editor@readinglife.com
经　　销　新华书店

责任编辑　黄宁群
特邀编辑　杨　初　刘悦慈
营销编辑　程昊天
装帧设计　韩　笑
内文制作　贾一帆　张　典
印　　刷　山东韵杰文化科技有限公司
开　　本　850毫米×1168毫米　1/32
印　　张　11.5
字　　数　125千
版　　次　2022年8月第1版
印　　次　2022年8月第1次印刷
书　　号　ISBN 978-7-5735-0176-9
定　　价　68.00元